荒木尚編著

『言塵集』

——本文と研究——

汲古書院

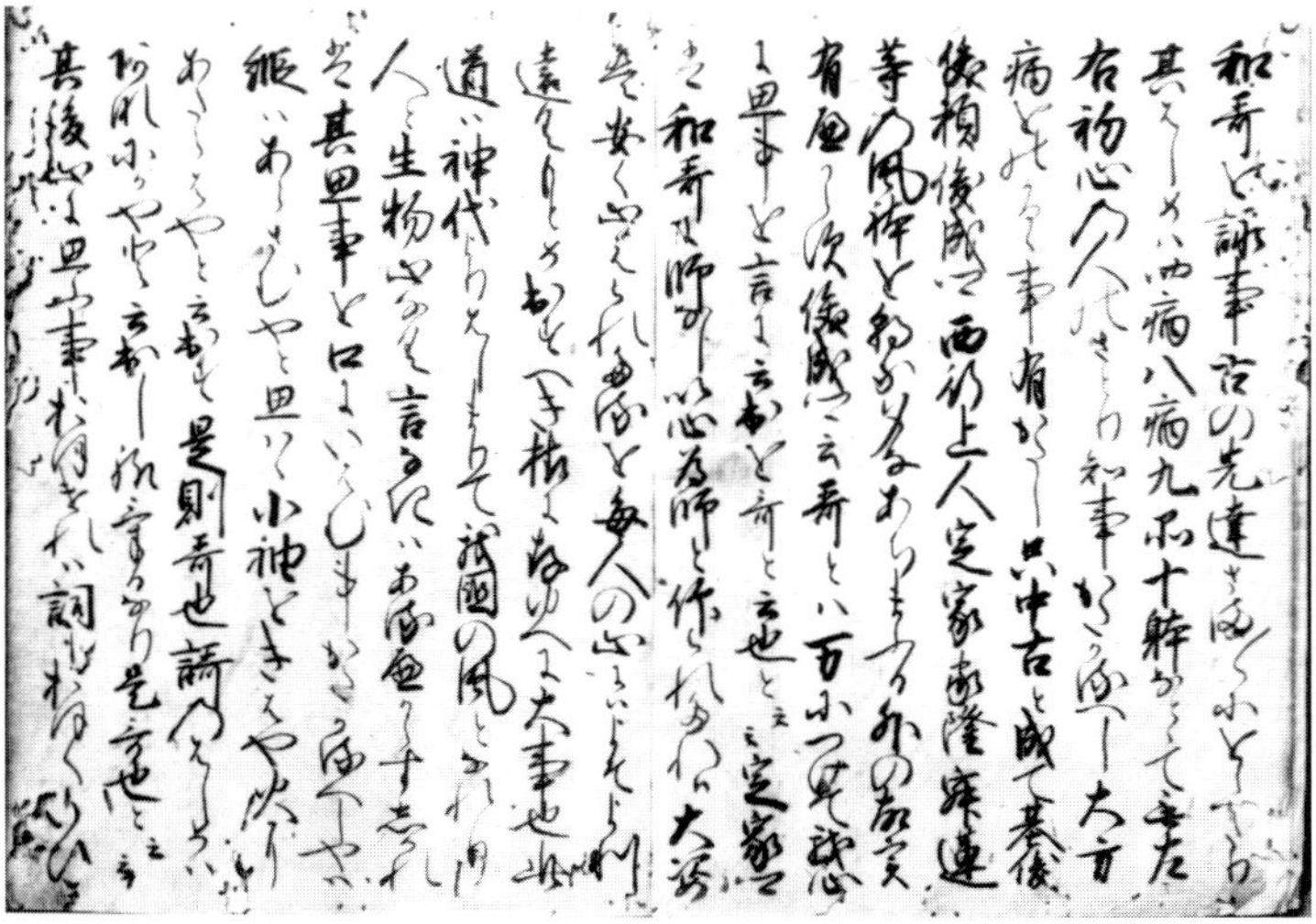

松平文庫蔵「言塵集」序（3頁参照）

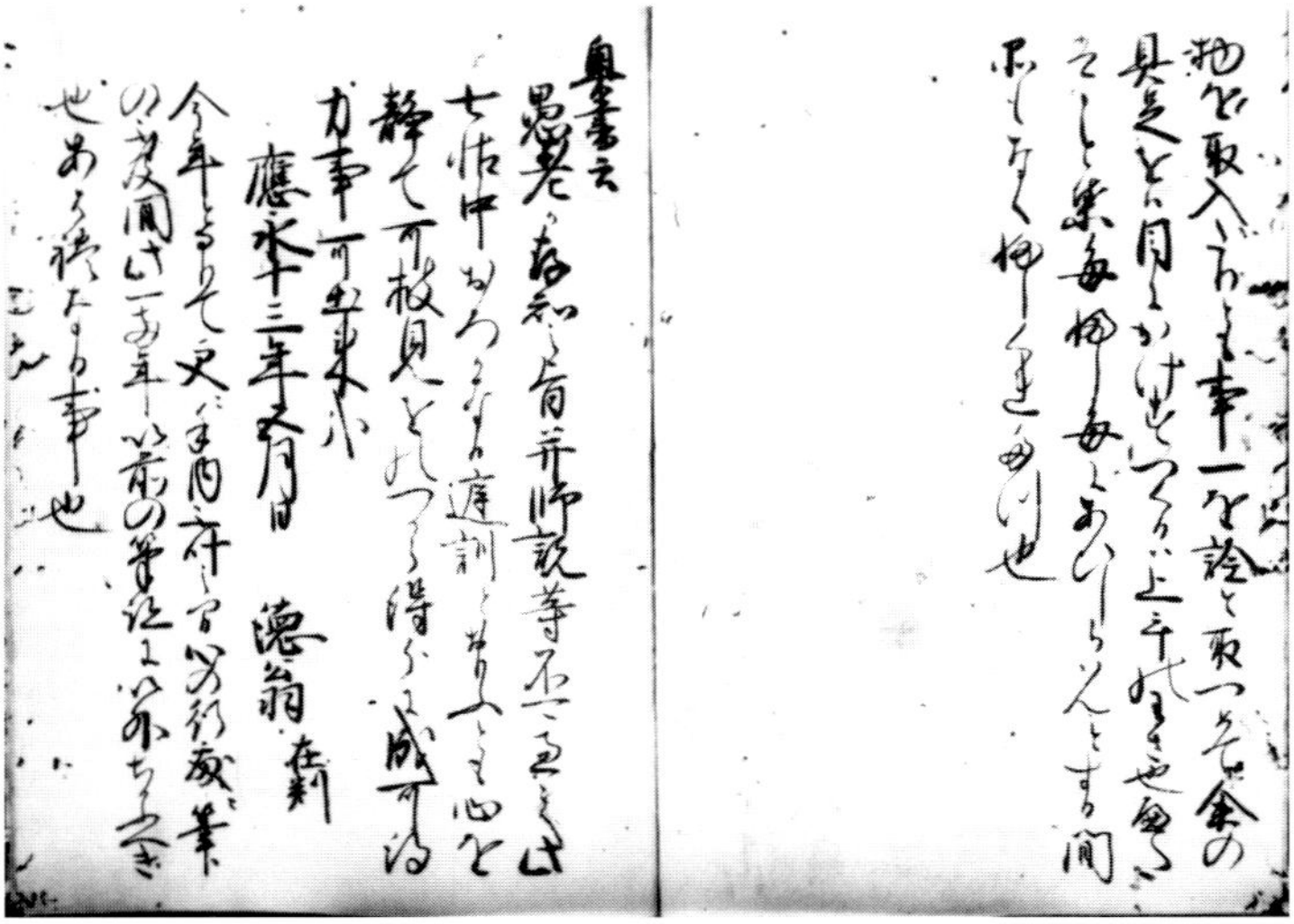

松平文庫蔵「言塵集」奥書（169頁参照）

目次

凡　例

本書は、南北朝・室町初期の歌人今川了俊が著した歌学書『言塵集』七巻二冊を、肥前嶋原松平文庫所蔵の写本により翻刻したものである。本文は通読の便を旨として、次のような校訂を行なった。

一、底本の仮名・漢字は原則として現在通行の字体に改めたが、異体字は「詞」「躰」などは底本のままとした。

一、清濁については、底本に付されているものは※印で示し、校訂者の私意により適宜補った。

一、通読しやすいように適宜段落をわかち、句読点、並列点を付し、また私に（ ）で送り仮名を加えた。

一、仮名遣いは底本のままとし、歴史的仮名遣いと異なる場合は、歴史的仮名遣いを（ ）で傍記した。

一、本文の校訂は、明らかに底本の誤写、誤脱と認められるものに限った。他本によって補読した箇所は〔 〕に包んで示した。

一、漢字は、底本では僅かに片仮名による振仮名があるが、これはそのままとし、できるだけ歴史的仮名遣いによる読みを付した。

一、反復記号は、「々」「〱」に統一した。

言塵集

言塵抄　乾

言　塵　集

立春　若水　門松　若菜　朔日　氷様《ヒノタメシ》　腹赤鯇　国栖　元日　元日宴　子日　卯杖　御薪　白馬

御斎会　賭射　証謌同注之

和哥を詠事《よむこと》、古《いにしへ》の先達《せんだつ》さま〴〵にをしへたり。其はじめは四病《しへい》・八病《はちへい》・九品《くほん》・十躰《じつてい》などゝて、無左右《さうなく》初心の人のさとり知事《しること》かたかるべし。大方病《おほかたやまひ》をのがるゝ事有がたし。只《ただ》中古と成《なり》て基俊、俊頼、俊成卿、西行上人、定家、家隆、寂蓮等の風躰《ふうてい》を朝な夕なあぢまふる外《ほか》の故実《こじつ》有べからず。俊成卿云《いはく》、哥とは万《よろづ》につけて我心《わがこころ》に思事《おもふこと》を言に云出《いひいだす》を哥と云也と云々。定家卿は和哥に師なし、以心為師《こころをもってしとなす》と仰られたれば、大姿《おほすがた》は安く心えられたるを、毎人《ひとごと》の心には、よそより遠くもとめ出《いだ》すべき様に存（ずる）ゆへ（ゑ）に大事也。此道は神代よりはじまりて我国の風となれり。人と生物《うまるるもの》心なく言なきはあるべからず。しかれば其思事を口にいはむ事かたかるべしやは。縦《たとへ》ばあらさむやと思はゞ、小袖をきばや、火にあたらばやと云《いひ》出《いだ》す、是則《これすなはち》哥也。謌《うた》のはじめはあなにかやと云出し給（ひ）けるなり。是《これ》哥也と云々。其後心に思ふ事おほければ、詞もおほくいひつらねき。三十一字に定め、句を五七五七七に定（め）ける事は、八雲たつ出雲八重がきの哥より此文字数、句くばり、きゝよしとて今にまなべり。されば哥の本躰と云は、有《あり》のまゝの事をかざらず云出（す）を本《もと》とせり。其を万葉のすゑつかたより曲を詠（み）そへて哥のかざりとしたる也。縦ば人丸の哥に、ほの〴〵と明石《あかし》の浦とよめるが如し。只あかしの浦の五文字なるべくは、播磨《はりま》なる明石の浦とこそよむべきを、ほの〴〵とあきらかなると云（ふ）を言の花の匂にしたる也。其時代にも猶かざらず有《あり》のまゝによめる哥ども又おほし。人のけわ《（は）》ひしたると只皃なるとの如し。其後、古今の比《ころ》の哥は序の有様に詠じたり。縦ば、

　吉野川岩きりとをし《（ほ）》行水《ゆくみづ》のはやくぞ人を思初《おもひそめ》てし

　浅か山かげさへみゆる山の井のあさくは人を思ふ物かは

如此題目を云出（し）て其心を後によみつゞけたる也。されども此時代にも万葉のかざり言《こと》、只言《ただこと》もまじはり、古今の時代にも、かざりたるも有のまゝなる姿も交（り）てよめり。後撰・拾遺までも如此《かくのごとくなり》也。凡《およそ》代々《よよ》の集《しふ》は、古人のよみをきたる哥をえらび入（り）もて来間《くるあひだ》、古躰《こたい》もまじはり、又当代の風躰《ふうてい》も交（り）たる也。八代集以来其代々《そのよよ》の風躰《ふうてい》は少（し）づゝ替《かはり》たり。よく見試て可存《ぞんずべし》とぞ為秀卿はをしへ給（ひ）し。

一、堀河院百首作者の風躰より、又一《ひと》すがた替《かはり》たるにや。其哥にて心えられたり。

一、詞花集は撰者もことなる上手、才学《さいがく》も勝給《すぐれたまふ》めれど、あまりに一躰《いってい》ばかりにおもむけられたるゆへ《（ゑ）》にや、後代《こうだい》の難も少々有とかや。

一、金葉集又撰者名誉不及申《まうすにおよば》ざれども是もきず有玉《あるたま》と申めり。

一、後拾遺集は撰者いたく世の不用侍けり。同時に随分の哥仙経信卿などを《（お）》さしをきてさたせられけるゆへ《（ゑ）》に、難後拾遺と云抄物出来《せうもついでき》てうたてかりけるとかや。此難後拾遺は経信卿《つねのぶきやう》の作とかや申也。

一、千載集は俊成卿撰也。此卿は哥口《うたぐち》も人に勝《すぐ》れ、道の口伝《くでん》も基俊と俊頼を相兼（ね）給ければ花実をかねたる集と申（す）めり。定家卿は云《いはく》、和謌の道中古にかたよりて侍しを西行上人と云人出来《いふひといでき》て此道を興《おこ》（し）たりとぞ仰（せ）られたる。然《され》ば其哥どもを心にしめてよくあぢまへば、を《（お）》のづから納得《なつとく》の期《ご》あるべしと也。哥は心よりいでゝみづからさとる也と師説也。

一、新古今集は後鳥羽院の勅にて五人えらばれしかども、大かたは勅のおもむきの有けるにや、あまりに花に過（ぎ）たると云後代の難有けるとかや。是則《これすなはち》三十六人の作者の哥も万葉の比《ころ》の哥も金玉《きんぎよく》次第に上人の撰集に入べければ、よき哥少《すくな》（き）によりて古人の哥おほからず。当世の風のみなる故に、うるわ《（は）》しきすがたのすくなかりけるなるべし。

一、新勅撰集は定家卿一人承てえらばれて花実《くわじつ》をかねられたる集と云々。是等にて哥の大《おほ》すがたは心えつべき事歟。

一、続後撰は為家卿撰也。是又新勅撰の余風残（る）と云々。其《それ》以後の集は、皆撰者たちの私曲《しきよく》交りて、ひたすら一躰《いってい》におもむけるとや。すべて和哥はおほけなく十躰《じってい》をみなうかゞひ、広く道におもむくべしと也。每〔人〕《ひとごと》に、我得たる筋目計をよしと存（じ）て、風の及（び）がたくまなびがたきをばわろしと申（す）歟。以外《もつてのほか》心せばくいやしき事也。為相卿のをしへとて為秀卿《ためひできやう》の仰られしは、十躰の中にいづれにてもあれ、先我心のまなび得《う》べき躰をよみならひて、其下にて十躰を皆うかゞひ習へば、心のたけも出来《いでき》、上手にも可成《なるべし》云々。必しも哥にいづれの一躰を上品と定（め）たるむねなし。たゞよき哥はいづれの躰にてもよく、あしき哥はいづれの躰にてもわろしと也。されば為世の風躰《ふうてい》は、只《ただ》やさしくなみやかにのみ詠よとをしへ給（ひ）、為兼卿はたけ高く言たくさんにかざらず、見所のありさま思（ひ）えたる筋目をはたらかさず云出すべしと云々。為相卿の風躰をば為世卿の門弟の輩《ともがら》申（し）けるは、哥のたけなく余情のなき也と申（し）けめども、一向に其すがたとは不見《みえざる》御哥どもこそおほくは侍（る）めれ。就中《なかんづく》哥の物たとへと云物を為道卿やらむのせられたるにも、為相卿の哥ざまは秋花野に若殿上人達《てんじやうびとたち》花やかにさうぞきて、小鷹狩《こたかがり》したるさま也《なり》とかたとへられたり。是則《すなはち》めづらしき風躰、面白きさま歟云々。いかさま末代の哥は、第一に同類をまぬかれてめづらしきをもとめ、詞にまとはれずして、心のすぢを一云（ひ）たつべき也。上古のごとくに有のまゝに云出さんずる哥は、縦《たとひ》よろしくとも一首も我哥は有がたかるべし。此事を新古今の比の上手達さとりえ給て、面々心も風情もいたらぬ隈《くま》なくもとめ詠給けるなるべし。されば為世卿門弟も為兼卿門弟も為相卿門弟もよくよみ出（し）たるはよく、あしきをよみたるはわろきとこそ申（す）を、を《（お）》のれ〳〵の哥のよしあしをばさしを《（お）》きて、只門家をのみあざむくはひが事と存（ずる）也。いかさまにも末世の哥詠は、上古の哥人よりも大事なるべき歟。其故は、上古は思《おもふ》とおもひ云《いふ》といふ心言みなあたらしかりしかば、道の広かりける也。今はおもひと思（ひ）云といふ事、新事《あたらしきこと》有べからず。皆以古事同類なるべし。されば其主に成《なる》詠哥まれ也。

一、大方和哥も連歌もいさゝか数奇の人々は可心得事《こころうべきこと》有歟。数奇の人といはるゝまでの志のあらむ人は、地哥地連哥といふすがたを可用《もちゐるべき》也。是則哥よみ連哥し也。

一、必しも哥よみとも連哥しともいはれずとも、只など哉《や》らん心の数奇て面白かる人も有也。是をばすき人と云也。

一、生得《しやうとく》心もきゝ口も味の有人あるべし。是をば器用の人と云也。如此の人は相構《あひかまへ》て一首も一句もいやしげにつたなげに言の用捨なく、ふた〳〵としたる事をすまじき也。いくらも心をみがき言を用捨すれば、一首の中一句の中にて黒白《こくびやく》のすがたの可出来也《いでくべきなり》。但如此ばかりに心えて、いかにとぎみがくとも、させる事あるまじき材木を兎角《とかく》用捨するは詮《せん》なかるべし。哥も連歌もなど哉らんよりかぬべき物からは覚る也。其を心えてとぎもみがきもはなあぶらをも可引《ひくべき》也。謌も連哥もよきすがたの中に、一言もわろき交（り）句の置所《おきどころ》もしどろなるをば、上手のいたく口惜《くちをし》がる物也。或は知（ら）ぬ人或は下手などは、何とそしるもほむるもうれしがらずはづかしがらぬ也。世中はひろき間、若《もし》いかなるかたはらにも上手つたへきゝて、是非せられむこそはづかしかるべければ、自《みづから》恥（ぢ）て心に問（ふ）べき也。但今こゝに有仁《あるじん》哥も連歌もを《（お）》のれがよしと思ふに任《まか》（せ）て、人丸・赤人にもまさり救済《きゆうぜい》・周阿《しゆうあ》にも勝《まさり》たりと心えて、只《ただ》身ぼめのみする物也。あさましくかたはらいたき也。此位《これくらゐ》の輩《ともがら》等は縦《たとひ》座劫《ざこふ》千万あり共《とも》、終《つひ》に上手にはなるまじきなり。物の上手の意地《いぢ》は皆同物也《おなじものなり》。身をほめず人をそしらず、を《（お）》のれ知（り）たる事をも猶《なほ》他人に問《と》（ふ）を上手の意地と云也《いふなり》。能《のう》は他のために非ず、を《（お）》のれがためなれば、我僻案をあらため先《まづ》非をくゐ《(い)》て弥《いよいよ》道をみがくべき也。但今日明日の様にはかたはらいたけれども、身をほめ我は皃《がほ》するは、人も心にくげに思間《おもふあひだ》、弥《いよいよ》はづかしき事は重《おも》(る)也。如此の輩のくせにて、よかれあしかれ先《まづ》は人の事をそしる也。比興《ひきよう》の事と相構《あひかまへ》ておもふべし。

一、謌連歌は一向に数寄ばかりにて、心にうかび言にいはるゝ計《ばかり》にては、更によまれぬ事も有間《あるあひだ》、物を広く見、遠く聞(き)たもつは力になる間、わづかなるむねの中の才学を書《かき》あつめて言塵《ごんぢん》と名付《なづけ》たり。如此の物をば心にしめて見おぼゆべき也。さればとて、よき事と心えて即時《そくじ》に云出さんといそぐは口《くち》惜事也《をしきことなり》。を《(お)》のづから寄来事《よりくること》の出来《しゆつらい》の時、必(ず)さし合《あひ》に成べきため也。今時の連歌しどものきゝえたるをよき事といそぎて、人のせぬ前《まへ》に我せんとするは、必(ず)下手の意地也。上手は寄来所《よりくるところ》にて用《もちゐ》る間、人の口まねびにはならぬ也。才学は留通物《るづうのもの》也。我《わが》高名に非ず。風情《ふぜい》はを《(お)》のれが高名に成間《なるあひだ》、其力になすべき也。謌の題は昔も今も同《おなじ》物也。哥はを《(お)》のれ〳〵がすがた也。連歌の才学寄合も留通物《るづうのもの》也。我が云出すに非ざる也。風情たくみをを《(お)》のれが物とは云也。二条殿(の)仰《おほせ》には、連謌寄合《れんがよりあひ》はへたの用《もち》ふるし、昨日も今日も耳にふれる才木を上手はひたあたらしく取成《とりなし》て用(る)也。へたの用はやがてさながら古物《ふるもの》なりと承(り)し也。

言塵集上

一、古詞

年内立春

朝氷《あさごほり》とけにけらしな年の内にくみて知《しら》るゝ春の若水《わかみづ》　為家卿

門松

大かたの年まだ明（け）ぬ民《たみ》の戸は松やはたつる春きたりとて　知家卿

若葉

としはゝや月なみかけて越《こ》（え）にけりむべつみけらしゐぐのわか立《だち》　西行

朔日《ついたち》

紫《むらさき》の袖にもあまるうれしさに立居《たちゐ》かなづるけふにも有《ある》かな　後徳大寺左大臣

袖たれて玉しく庭をうちはらひふしてぞ春の初《はじめ》とはしる　三条入道左大臣

霞しく春のあしたの庭の面《おも》に先《まづ》たちわたる雲の上人《うへびと》　定家卿

九重《ここのへ》や玉しく庭に紫の袖をつらぬる千代の初春　俊成卿

初春の花の都に松をうへ《（ゑ）》て民の戸とめる千代ぞしらるゝ　光明峯寺

氷様《ひのためし》

松が崎たえぬ氷室《ひむろ》にすべらぎの千代のためしをけふぞたてける　経家卿

立初《たちそむ》るむ月のけふのひのためし絶ずそなふる御代ぞかしこき　衣笠内大臣

腹赤《はらか》

四方《よも》の海なみしづかなる御代なれば腹赤のにへもけふそなふなり　同

門松

しめかけてたてたる宿の松にきて春の戸あくる鶯のこゑ　西行

国栖《くず》

とを《（ほ）》つ河吉野の国栖のいつしかもつかへぞまつる春のはじめに　衣笠内大臣

是等みな立春の題也。如此其題に出ずともたゞ立春と云題にてか様の事をも可詠歟。腹赤《はらか》も国栖《くず》も清見原《きよみはら》の天皇の御代時《みよのとき》の例と云々。国栖は人の名也。くずの事也。葛《くず》には非ず。何にても正月の節会《せちゑ》にまい《（ゐ）》らする貢調《みつき》と云々。国栖が口をたゝきて皮笛《かはぶえ》をふきけるとかや。かわ《（は）》ぶゑ《（え）》とは、うそ《嘯》といへり。一説如此《かくのごとし》□笛ともうその事也。

元日鏡《ぐわんにちのかがみ》

けふよりは我をもちゐのます鏡うれしき影をうつしてぞみる　俊頼

元日梅

春たゝばみむと思《おも》（ひ）し梅（の）花めづらしびにや人のお《（を）》るらん　貫之

めづらしびにやとは　めづらしさにやと云言也。

元日宴《ぐわんにちのえん》

もろ人の立ゐる庭のさかづきに光もしるし千代の初春　家隆卿

立かはる年の初《はじめ》は豊《とよ》みきにかさねてたまふひろはたのきぬ　季経卿

百敷《ももしき》や春をむかふるさか月《づき》に君が千とせの影ぞうつれる　慈鎮和尚

哥合の哥也。節会《せちゑ》の心たしかならずと難ありき。判者云《いはく》、宴《えん》の心なきにしもあらずと云々。

六百番哥合也

む月立《たつ》けふのまとゐやもゝしきの豊明《とよのあかり》のはじめ成《なる》らむ　顕昭

哥合也。難云《なんじていはく》、む月きゝなれずと云々。陳云《ちんじていはく》、此五文字は万葉によめると云々。又難云、豊明おぼつかなしと云々。又陳云《ちんじていはく》、もろ〳〵の節会をば豊明と申《まうす》べき由宣命《せんみやう》にみえたり云々。判者俊成卿云、此五文字万葉にあり。但《ただし》万葉の哥は、やさしき詞ばかりを取用《とりもちゐる》べしと云々。まとゐにより所《どころ》なしと云々。

立春

吉野山はつ春風のけさはまづ桜が枝《えだ》をいかゞとふらん　慈鎮和尚

とけ初《そむ》るはつ若水《わかみづ》の気色《けしき》にて春立《たつ》ことのくまれぬるかな　西行

私云《いはく》、哥には寄来縁《よりくるえん》の言の有《あり》と云《いふ》は、此若水の氷のとくるにて春立をくまれぬると詠たる様の言を寄来縁《よりきたるえん》の言とは云也。文字くさりの様に云つゞけたるは非寄来詞也《よりきたることばにあらざるなり》。縦《たとへ》ば池にすむをし明《あけ》方《がた》の月と詠《よめ》る言のごとし。池にすむ在明方の月とよみても心は叶《かな》（ふ）べき也。され共《ども》池にすむをしと云《いひ》つゞけたるを寄来縁《よりきたるえん》の言とは云也。定家卿の庭訓《ていきん》也。

関の戸も明行《あけゆく》年に相坂《あふさか》の夕つけ鳥の春の初声　　有家卿

私云、哥は古哥によみつゞけたる言をそのまゝに詠つゞくる事おほし。夕つけ鳥の春の初声とよみて可満足《まんぞくすべき》を、あふ坂はよみそへ来る言なれば如此よみつゞくる也。足引《あしびき》の山郭公《やまほととぎす》、玉ぼこの道行《みちゆき》人《びと》などつゞけたる言も、山時鳥《やまほととぎす》にて郭公は事たるべし。道行人は玉ぼことよまずとも只《ただ》道行人に可満足ぞかし。され共如此よみつゞけつれば、哥詞にて哥のたけたかく聞（ゆる）也。か様の事をよく可心得分也《こころうべききぶんなり》。

いはと山あまの関守《せきもり》今はとて明《あく》る雲ゐに春はきにけり　　知家卿

私云、岩戸の関とは天の戸《と》也。

槙《まき》の戸をあくれば春やいそぐらん袂《たもと》にさえし風ゆるか也　　大輔

私云、風ゆるかなりと云事珍敷詞也《めづらしきことばなり》。是を証哥《しょうか》とすべき也。古哥をよく見《みれ》ば如此の為用所也《ようしよとなるなり》。

年くれぬ春来《く》べしとは思はねどまさしくみえてかなふ初夢《はつゆめ》　西行

私云、初夢此哥初歟。可証哥也。

をしのゐる池の氷のとけゆくはを《（お）》のが羽《は》ぶきや春の初風　俊成

私云、羽《は》※ぶきとは打《うち》※はぶきなど、云ごとくうちおほふ也。それを羽風《はかぜ》そへられたる也。

三笠山春を音《おと》にて知《しら》せけり氷をたゝく鶯の滝　西行

私云、鶯滝名所云々。

春霞立《たつ》といふ日をむかへつゝ年《とし》のあるじと我《われ》や成《なる》なむ　忠岑

以上、是等立春哥也。

たはれをが声もふけぬる〔竹河〕の水むまやには影もとまらじ　光明峯寺

私云、是は踏哥《たふか》をよめり。竹河は踏哥の曲の哥也。踏〔哥〕にもてなしなきをば、みづむまやと云也。源氏にも見えたり。

いつしかと春の朝《あした》のきゝがきにみゝおどろかす我身《わがみ》成けり　親隆卿

春立《たち》て風やとくらん今〔日〕みれば滝のみほ《(を)》より玉ぞ散《ちり》くる　貫之

私云、滝のみほ《(を)》とは滝のふかみ也。

今日こそは冬ごもりせし滝つ瀬も春のしるしに花とちるらめ　定頼卿

水鳥のうきねの床の春風に氷の枕とけやしぬらむ　匡房卿

私云、氷の枕の証哥也。早春と初春とは同事也。立春を詠《よ》〔む〕もつねの事也。立春の題にて早春、初春等をばよむべからず。立春は正月一日にかぎるべき也。初春、早春は五日・六日・七日より十五日・六日までと心〔う〕べし。

あら玉の一夜ばかりをへだつるに風の心ぞこよなかりける　恵慶法師

私云、こよなしとよめる証哥也。

子日《ねのひ》

君が引《ひく》子日の松は朽《くち》めやはいざお《(を)》のゝえにすげてたのまむ　元輔

春立《たて》ば初子《はつね》のいみに旅ねして袖の下なる小松《こまつ》をぞ引《ひ》（く）　俊頼

此哥は、伊勢に侍《はべり》ける比、正月の朔日《ついたち》、年のいみとて家を出《いで》て野にて終日《ひねもす》居暮《ゐくら》して、萱《かや》をかりてこがひする時のえびらと云物にする也。其ついでに、子日の松をも引《ひき》て帰ると云（ふ）をきゝてよめると云々。

あたらしき春の子日に成にけりしづのまろやに玉ばゝきとる　隆季卿

玉ばゝき初子の松に取《とり》そへて君をぞ祝《いは》（ふ）しづの小屋《こや》まで　俊成卿

卯日卯杖《うのひうづゑ》

君がため常葉《ときは》の山の玉椿祝《たまつばきいは》（ひ）てとれるけふの卯杖ぞ　輔親

色かへぬ常葉《ときは》の峯の玉椿君が八千代を卯杖にぞきる　読人不知

此哥、承徳二年正月庚申哥合《かうしんのうたあはせ》云々。

あさましや初卯《はつう》の杖《つゑ》のつく〴〵とおもへば年のつもりぬる哉《かな》　俊頼

みかま木《ぎ》に卯杖取《とり》そへけふこそは君がためにと春いそぐ覧《らん》　為家

私云、みかまぎとは御薪と書也。内裏に奉る云々。年中行事にくわ（は）しくみえたり。

若菜

万
いざやこと香椎《かしひ》のかたに白妙《しろたへ》の袖さへぬれてあさ菜《な》つみてん　旅人卿

私云、あさなとは浜菜《はまな》事云々。磯菜《いそな》也。

大淀《おほよど》の海人《あま》の乙女子《をとめご》春されば神の初物《はつもの》みるめかるなり　家隆卿

私云、神の初物とは神供《じんく》歟。

春は又浦に出《いで》てやみくまの丶神の初物いそなつむらん　小弁

万
春山のさき野丶す黒《ぐろ》わか菜摘《なつむ》いもがしらひもみらくしよしも

堀河百首
春きてはかたみぬきいれしづのめが牆《かき》ねのこなをつまぬ日ぞなき　隆源法師

同百首
旅人の道さまたげにつむ物はいくたのをのゝ若菜成けり　師頼卿

雪中若菜

はつ〳〵の若なをつむとあさるまに野原の雪は村消《むらぎえ》にけり　仲正

かたくなやしりへの園《その》に若菜つみかゞまりありく翁《おきな》すがたよ　同

足引《あしびき》の山かたづける家ゐには先《まづ》人さきにわかなをぞつむ　兼盛

東路《あづまぢ》に春やきぬらん近江《あふみ》なるをか田《た》の原にわかなむれつむ　恵慶法師

万
くず人《びと》のわかなつむらむしばのゝのしばしも君を思《おもひ》そむらし　読人不知

くず人とは国栖人の事也。

六帖
春雨のふりはへて行《ゆく》人よりも我先《われまづ》つまむかもの河せり

けふぞかしなづなはこべら芹《せり》つみてはや七草《ななくさ》の御物《おもの》まい（ゐ）らん　慈鎮和尚

片岡のかれ野ゝ下《した》のわかなづな雪さへつみてみらくすくなし　為家卿

新六帖
七種《ななくさ》の数《かず》ならねども春の野にゑぐのわかなもつみは残さじ　信実

しづのめがかたみの底はむなしくて老《おひ歟》ぬわかなに日数をぞつむ　師光

小草《こぐさ》つむふる田のあぜの沢水に若菜すゝぐと袖ぬらしつゝ　為家卿

古来抄
ふる雪の花野にいでゝしづのめもあさでのわかな今やつむらん　小宰相

さゞ浪や志賀《しが》の海人《あまびと》春きぬとみるめなぎさにわかなつむなり　家隆卿

春日野に煙《けぶり》たつみゆ乙女《をとめ》こしはるのゝおはぎつみてにるらし　人丸

おはぎとはうはぎと云草の事也。

万
あかねさすひるは只居《ただゐ》てぬば玉の夜るのいとまにつめるせりこれ

若菜名所

三津上野《みづのうへの》　さが野　三笠野《みかさの》同原　山田原　しめ野　老《おい》その森　深草野《ふかくさのの》同里　ふるからを野非名所冬枯野也
武蔵野　浅沢小野《あさざはをの》　芹河《せりかは》　あさ野吉野也滝上ニ詠　いは田《た》のを野　あわ《は》づ野同原　しめし野　鳥羽《とば》野　花野

一　白馬《あをむま》

新六
夕霞鴨《かも》の羽色《はいろ》にたなびきて玉敷《たましく》庭をわたる青馬《あをむま》

見わたせばみな青さぎの毛《け》づるめを引《ひき》つらねたる馬《むま》つかさ哉《かな》　信実

一　御斎会《ごさいゑ》

おほきなるいもゐ《(ひ)》の初《はじめ》今こそは二《ふたつ》の法《のり》の代《よ》をまもるらめ　為家卿

御代ながく年も豊《ゆたか》にまもるらんけふのいもゐ《(ひ)》の初《はじめ》なりけり　同

代のためにいのるしるしの初《はじめ》かないもゐ《(ひ)》の庭の春の光は　同
いもゐ《(ひ)》とは精進《しやうじん》也。

賭射《のりゆみ》

今日《けふ》は我《わが》君の御前《みまへ》に取文《とるふみ》のさしてかたよるあづさ弓かな　後京極摂政

梓弓《あづさゆみ》春九重《ここのへ》にちる雪をけふ立舞《たつまひ》の袖にみるかな　慈鎮

梓弓はるの雲ゐに引《ひき》つれて気色《けしき》ことなるけふの諸人《もろびと》　家隆卿

心あるゐ（い）てのとねりの気色《けしき》かな玉敷《たましく》庭にともねひゞきて　有家卿

引《ひき》はづすたつかの弓の矢を早みともねに的《まと》のなりかはすかな　俊頼

春さればかた矢をはさみともねうち我《わが》かち弓の数《かず》ぞましける　仲実

春立《たて》ば梓《あづさ》の真弓《まゆみ》引つれて御垣《みかき》の内にまとゐをぞする　顕実

一　春駒名所

玉たよこ野　しめ野　三津野《みづの》同上野　淀野《よどの》　伏見野《ふしみの》　水の江《みづえ》　花山《はなのやま》　美豆御牧《みづのみまき》　すがの荒野《あらの》　よこ野

きり原　みかきが原　深草里《ふかくさのさと》　ゆるぎの森　浅香沼《あさかのぬま》　小野　志賀浜田《しがのはまだ》

右任思出注付之間《おもひいづるにまかせてしるしつくるあひだ》、前後不同歟。文字落《おち》、ひが書定多《がきさだめておほ》かるべし。此条々多分師説等也《このでうでうたぶんはしせつなど》。且又《かつまた》路之辻之聞書也《みちのつじのききがき》。和哥者依口伝分明《くでんによりふんみやう》に事を可詠《よむべき》也。連歌は雖無作例前之句《さくれいなしといへどもまへのく》に可似合《にあふべき》言は可用付歟《もちゐつくべきか》。此事摂政家之御口伝如此《かくのごとく》、哥も初《はじめ》たる言も聞《きき》よくば、始《はじめ》ても可詠之由《よむべきのよし》、定家卿口伝勿論也《もちろんなり》。此言塵集《このごんぢんしふ》、讃岐入道《さぬきのにふだう》法世平所望之間遣了《ひらにしよまうのあひだつかはしをはんぬ》。其後尊命丸依所望重注遣畢《しよまうによりかさねてしるしやりをはんぬ》。又貞千頻《しきりに》中間、於証本《しようほんにより》少々書之《せうせうこれをかく》。是《これ》には以前之条々用捨又書加事等在之歟《でうでうのようしやまたかきくはふることなどあるか》。

八十一之徳翁《とくをう》

言塵集　二

言　日本国名　万葉哥少々　文字仕《もじづかひ》　和字事基俊説　草名少々　河社《かはやしろ》　鶉衣　水駅　くかたち

ふかうの郷《さと》無何有《むかう》　う坂の杖　鳩鶉　ぬく沓かさなる　たのむのかり　三重夢　よるべの水

くしみ玉　とぶさ　かひ屋　とこよ物　やすみ　そが菊　せこ縄　にいなみ　哥は在別紙

古言

あれますとは　うまるゝ事也。

宮てりとは　宮寺也。

いかくるとは　かくると云言也。い文字は、やすめ言也。如此やすめ字多し。

おそとは　そら事《ごと》也。

かよりかくよりとは　とさまかくさまと云言也。

きそのよとは　昨日の夜也。

あぢさはふとは　味まふる也。

みづらとは　びんづら也。

よすがとは　たより也便。

を《(お)》そろとは　遅也。ろはそへ言也。
夜そおほろとは　夜の明ぼの也。
うけべ※は　人をのろふ事也　うけふとも云《いふ》。
ねぐ※とは　祈也ねぎごととも云。
めぐしとは　あひする言也。ほめたるなり。
かくろき紙とは　只黒き紙と云言也。か文字はやすめ字也。
こと玉とは　言也。
こぬれとは　梢《こずゑ》也こぬれかくれと詠ずるも　梢隠《こずゑかくれ》なり。
たつか杖とは　手につく杖と云也。
たつか弓と云も手につく弓也。
こほしきとは恋しき也。
をかび※とは　岡辺也。
なつらすとは　魚《うを》つる也。
いくりとは石也、是もい文字はもた詞也。くり石など云同事也。
山たづ※とは　杣人の名也。又云木切斧云々。
わけとは　を《(お)》のれと云言也。
たぶ※てとは　つぶて也。つぶて石などゝ云。

ほどろとは　天の光也ほ照《てり》と云同事云々。

うつし心とは　うつゝ心也。

しらが※とは白き四手の事也。神木のえだにしらかつけとよめり。

ゆきとは矢なぐゐ《（ひ）》の事也。ゆきとりを《（お）》ひてとよめり。

とのぐもり　たなびきくもる也。只くもると云こと葉也。

おきまけてとは　おきかけて云言也。かたまくなど、云もかたかけて也。春まく夏まくなど、云も懸たる心也。

おても此もとは　かのも此も同事也。

草葉もろむきとは　草葉のあなた此方にむきたる也。

はり道とは　今造《つくり》たる道也。

万
　信濃路《しなのぢ》は今《いま》のはり道《みち》かりばねに足《あし》ふましむな沓《くつ》はけ我せこ

　　かりばねとは刈《かり》くゐ《（ひ）》也。はりは根とも云也。

むかつお《（を）》とは向（ひ）たる峯也。

す子《ご》とは　下すの事也。

うら待をるとは　下待居（る）也。

山のたをりとは　ふもと也。

そゝりとはいだきあげたる義也。子をいだきあげてそゝりと云、此心なり。

風のむだ※とは共にと云言云々浪のむたにとよむも共にと云言云々注は如此なれどもげにとも覚ざる事也。

ほぐ※とは　さかふる心云々。
かぐはしみとは　かうば※しき也。
いわ（は）人とは　家人也。
つく日夜とは　月日夜也。夕月夜同事云々。
ゑびとは　帯の事也。
万
かまめとは　かもめの事也。鷗。
村ぎもとは　村肝也。思切時は肝の村々に切ると云々。
かへらひぬればとは　帰りぬればと云言也。
しらにとは　不知と云言也。
岩根さく道とは　石をふみくぼめたる道也。
しみゝとは　しげみと云言也。しげ〳〵と也。
谷くゞ※とは　谷水の事也。
真永日
まなか日とは　まことに長日也。
いたとりよりてとは　手に取よりて也。い文字はやすめ字也。
いとらしてとは　とらしめたる也　是もい文字同前。
わきべ※のそのとは　我家園也。
いとのきてとは　いとゞしくと云言也。

あともひたちてとは　あはれとおもひたちて也。
こひのむとは　乞祈（る）心也。
まかなしみとは　実に悲也。
みねみそぐしとは峯見過し也。
とこのへだ※しとは床のへだて也。
花ちろふとは　花散と也。
比《ころ》をしもへば※とは　比《ころ》を思へばと云也。
にふなめとは　ゆるしかねたる心也。
いもがへとは　いもが家也。
烏《からす》とふとは　烏《からす》といふと云也。烏てふと書たる本もあれども注にはとふと書也。
　万　烏とふ大《おほ》おそ鳥《とり》のまさしにもきまさぬ人をころくとぞなく　烏はころくとなく也。
した夜の恋と読は夜の間と書てしたよと読り。
まかもとは　まこともと云言也。
もころとは如と云言也。
しましくもとは　しばらくもと云言也。
まつが※へりとは　待かへり也。
つば※ら〳〵とは　つまび※らかなりと云言也。

かたねもちとは　肩に持也、かつぎ持也。
うつしまご※とは　現孫也まことのまご也。
かそけきとは　幽《かすか》なる也。
まつろふとは　奉仕と云事也。
いむなしとは　妹無也。
さゝご※てゆかむとは　捧（げ）て行也。
ちまりゐてとは　とまり居て也。
あめつちとは　天地也。
みとらしとは　御《弓》たらし也。
いわ（は）ぢ※とは　家路也。
あしぶ※とは　あし火也。
まゆすび※とは　真結也。
とりよろふとは　取寄也。
ぬる夜おちずとは　不夜闕也。
さちくとは　幸也く文字はそへ言云々。
にわとは　海面也。にわよくあら《荒》しなど詠。
しのぐ※とは　加也。こゆる也。しのぎとも同事也。

山をしのぎ雨を凌《しのぐ》とも同事也。

つのふくしとは　腹立を云。

手もすまとは　手もやすめずと云也。

ゆとはよりと云言也、又は発語也、発語と云は前に云たるいがくると云い文字のごとくのやすめ字也。

はうるとは　わたると云言也。

かにもかくにもとは　とにもかくにもと云言也。

かゞよふとは　ほのかなると云言也、灯火の影にかゞよふなど詠り。

いさゝめとは　いさゝかの程と云言也。

さゞれしもとは　さゞれ石もと云言也。

舟はてゝとも舟はつるとも云は舟泊と云言也。

あか時とは　暁也。

ころくとは　来と云事也。

万 石なみ並也小河とは　石多き川の事也。石のならびたる也。

たしやはゞかるとは　立やはゞかる也。

嶋かぎとは　しま陰《かげ》也。

野のそきとは　野のつゞき也。

山のそきと云もつゞきの事也。

野づ※かさとは　野のきは也。
岸つかさも同事也。
文おへるあやしき亀とは　明王の代に出現する也。易の事云々。
万
武蔵野に占部かた焼《やき》まさし《て歟》にものらぬ君が名占《うら》にでにけり
此哥は肩抜占と云事也。鹿の肩の骨を抜て占をする也。占部《うらべ》の氏人が肩抜の占をしたれば占にもとはぬ君が名の占にいでたると詠り。
万
おほしもと此山本《このやまもと》の真柴《ましば》にものらぬいもが名かたに出《いづ》るかも
此哥は柴を焼《やき》て占《うら》をする事を詠り。
同五十串
いくしたてみわすへ《(ゑ)》まつる神主《かむぬし》のうすの玉かげみればともしも
一説云《いはく》、田のみな口まつる時、幣を五十串たてゝ大豆を貫《つらぬき》て田神に手向（くる）を臼の様なればうすの玉かげと云云々。みわとは酒也。いぐしは五十串云々。一説云、神主の冠のうず也。昔は冠のかざしにうずをかけゝりと云々。冠の鈿《ウス》也云々。又云、髪花此文字をうずと詠り。
万
嶋山にてれる橘《たちばな》うずにさしつかへまつるはまうち君《きん》だち
是則《これすなはち》月卿雲客《げつけいうんかく》の冠《かんむり》のかざしに橘をさしけりと云り。
むば《ぬばとも》玉の我黒《わがくろ》かみにふりなづむあまの露霜《つゆしも》とれば消《けに》つゝ
喜撰が式云《しきにいはく》、ぬる玉とは夢也。夜はぬる玉也。髪は烏羽玉也云々。烏羽玉、烏玉、夜干玉以上うば玉也云々。又云《いはく》烏扇と云草の実の黒き玉に似るを云。烏羽の玉とも云り。たゞ黒き玉歟。

万 玉かつまあはむといふは誰《たれ》なるかあへる時だにおもかくしする

玉かつまとは女を云とも云、恋を云とも云り。

万 玉かつまあへ嶋山《しまやま》の夕露《ゆふつゆ》に旅ねはゑ《（え）》すや長きこの夜を

或云、恋のたましゐを玉かつまと云と一説也。又云、玉櫛の名也云々。是は古語也云々。又云、かつまを池に落（し）たりしより勝間田の池と云々。かつまは櫛の名也。前の哥に玉かつまあはむと云は誰なるかとよめるか文字は九州言也。誰そと云を誰かと云云々。

一、玉《たま》きはるとは一説云玉極《たまきはまる》也。命きはまる也。一説云荘厳《しやうごん》の玉極を云云々。

一、角《つの》さふる岩とよみつゞけたる事、一説には角さ〔はふ〕岩とも云り。さわ《（は）》ふもさふるも同心《おなじこころ》也。かも鹿と云物は岩に角をかけてぬる故に角さふると詠りと云々。所〔詮〕岩といふべき発語歟云々。

一、山たづ※とは

万 君がゆきけ長く成《なり》ぬ山たづのむかへかゆかむまちにかまたん

一説云、杣人《そまびと》の木造に斧鉞を云云々。此斧をばぬしに向《むかひ》てつかふ故にむかへかゆかむと詠り云々。一説云、小田守《をだもり》、しづを、山がつと云とも云り。只むかふると云儀云々。又山たづのとは山たづね也。五音なりと云り。

一、防人《さきもり》とは万葉説云、鎮西につかはす防人が哥

万 ますらお《（を）》のゆきとりおひて出《いで》てゆかば別《わかれ》を《（を）》おしみなげきけん妻《つま》

同長 すめらぎの　とを《（ほ）》の御門《みかど》と　しらぬひの　つくしの国は　あたまもる　おさへのきそと　きこしめし

四方《よも》の国には　一《ひと》さわ（は）に　みちてはあれど　鳥がなく　あづまお（を）とこは　いでむかひ　かへり見せず
て略畢

朝庭と書てとを（ほ）の御門と読り。一《ひと》さはとは多也。国々の朝敵をふせがせらるゝ人を防人《さきもり》と云云々。

一、必志《ひし》とは　海中の洲《す》の事也云々。ひしりなど、云も海河等の中に有里《あるさと》と云り。大隅国《おほすみのくに》の風土記《ふどき》に云り。私云、南蛮国には海中へ家を造《つくり》かけて栖《すみか》と云り。如此事歟《かくのごときことか》。

さしやかむ　此屋《こや》のしき屋《や》に　かきすてん　かしこもしきて　かゝれらん　鬼《しこ》のしきてを　さしかへて　ねなん君ゆへ（ゑ）　あかねさす　ひるはしみらに　ぬば※玉の　夜ルはすがらに　この床《とこ》の　ひしとなるまで※　なげ※きつるかも

しきてとは　手枕《たまくら》也。鬼《おに》とは　凶也《きようなり》と云心也。鬼《おに》のしこ草《くさ》と云も凶《きよう》の草也と云儀《ぎ》に云り。しことは醜也。見にくしとよませたり。

一、万　さしながら千代もやへなん朝月日《あさづくひ》むかふつげ櫛《くし》ひさにふりつゝ

さしながらとは　さながらと云言也。むかふといはんとてつげ櫛とはよめり。朝づくひはむかふ故につゞけたり。つげ櫛も両方にむかへてさす故也云々。師説云、夕づく日とは夕月日也。夕づく夜は夕の月也。朝づく日とは朝の月と日也。然間《しかるあひだ》両方にむかふとはよめり。朝づく夜と云事はなき也。其を無口伝人《くでんなきひと》は夕づく夜も有間《あるあひだ》、朝づく夜も有べしと云、以外《もってのほか》比興《ひきよう》の事と云り。此事は随分秘事也とぞをしへられ侍りし也。

一、しらぬひのつくしとは　両説也。一には白縫《しらぬひ》也。一には不知火《しらぬひ》と云々。昔景行天皇足北郡《あしきたのこほり》発舟《フナデ》し給

て火の国に至《いたる》と云り。八代《やつしろ》と云浦に火のみえけるを、いづれの火ぞと問給《とひたまふ》に誰人《たれびと》のともしたる火とも不知火《しらざるひ》也と申けるを初《はじめ》にて云也云々。つくしといはん言の枕に、しらぬひとよめりと云々。火国《ひのくに》を今代には肥州《ひしう》と云云々。

気長足姫《おきながたらしひめ》

一、玉嶋河《たましまかは》と松浦《まつら》の鏡の事　玉嶋河はたらしひめの鮎《あゆ》つらせ給し川也。鏡のわたりは松浦河に有《あり》。昔女男の鏡を形見にえて持《もち》ながら此河にしづみけるより鏡の渡《わたり》と云云々。三里ばかりへだてたる所也。鏡の明神と申は大宰少弐広継《ださいのせうにひろつぐ》が成《なり》し也。この社は玉嶋河一所《ひとところ》也。かゞみの事にまがふ間注所《しるすところ》也。

一、鶏之鳴東事《とりがなくあづまのこと》

今は諸人《もろびと》存知之間不及注也《しるしおよばざるなり》。鳥《とり》がなく　東《あづま》の国の　御軍《みいくさ》を　めし給《たまひ》つゝ　ちはやぶる　神をよろしと　まつろはぬ　国をおかんと　皇子《みこ》にまかせ給へば　お《御》ほみ《御》身《み》に　太刀《たち》とりはかし　おほみ手に　弓とりもたし　御軍《みいくさ》を　あともひ給ひ　とゝのへる　つゞみ※の声は　いかづちの　声ときくまで　吹《ふき》なせる　小角《くだ》の声も　あた《敵》みたる《乱》　虎《とら》※がほゆると　諸人《もろひと》のおびゆるまでに　さしあぐる　幡《はた》のなびきは　野へのごと　つきてある火の　なびく如《ごと》略了

一、衣手常陸事《ころもでひたちのこと》

昔御門《みかど》の御衣《みそ》の袖の　泉水《いづみのみづ》にぬれしよりひたちと名付《なづく》云々。

万九長

衣手の　ひたちの国の　二並《ふたなみ》の　筑波《つくは》の山を　見まくほり　君がきますと　あつけきに　あせかきなけき　ねとりする　うそふきのぼり略了

二《ふた》なみとは　二ツならび也。峯二有《ふたつある》也。見まくほりとは　見《みむ》ためと也。あせをかきてのぼるくるし

さに、いきつく間《あひだ》うそを吹《ふく》やうなれば、楽の調《てう》しとるに似《にた》りとよめりと云々。

一、霰《あられ》ふり鹿嶋事《かしまのこと》
あられふりとは　かしましきと云諷詞也云々。あなかしまなど※世俗《せぞく》に云もかしかましと云也。

旅の初《はじめ》を鹿嶋立《かしまたち》と云事
神功皇后もろこしせめ給し時、鹿嶋香取《かしまかとり》の二神三月初巳日門出《かどで》し給《たまひ》しより鹿嶋立とは云也。
万廿
霰ふり鹿嶋《かしま》の神《かみ》を祈《いのり》つゝすめらみくさに我《われ》はきにしを
すめらみくさとは野氏《ののたみ》の事也云々。民《たみ》の草葉《くさば》などゝ云同事云々。

一、万
夏《なつ》そひくうなかみがたのおきつすに舟はとゞ※めんさ夜ふけにけり
夏麻《あさ》の生《おひ》たる所を生《う》と云間《いふあひだ》、夏そび※くうと詠《よみ》つゞけたる也。麻は上皮を引すつる故に、夏そひくとつゞけたり。

一、紐呂寸事《ひもろきのこと》　此説々有歟。一説は神籬を比茂呂伎《ひもろき》と云。一説は神供《じんく》奉ル贄《にへ》を云とも云り。仍《よつて》哥にも神のひもろきそなへつる哉《かな》と詠云々。一説には胙《ひもろき》と云り。一説には勅原《ヒモロキ》と云。父母に物を奉ルをも勅原と云々。
万
神なびにひもろきたてゝいむといへど人の心はまぼりあへぬかも
いむとは斎の字をよめり。
卯花《うのはな》も神のひもろきとけぬらんとぶさもたはにゆふかけてけり

一、夷都《ひなのみやこ》とは　諸国の国府を云也。あまさかる夷《ひな》と云は遠きゐ中は天にさかひてみゆる故にあまさかるひなとつゞくる也。

一、わたつみとは　両説也。一には海神也。一には海童也云々。共に海神也。一説は海底云々。わたつみわたつうみ是も両説也。

わたつみの手にまかしたる玉だすきかけて忍《しのひ》つ大和《やまと》しまねを

わたつみの手にまかしたるとは手の玉はかざ※り也と云々。たすきとはかけてといはんための言云々。一説わたつみの手とは綿むしるをばつむと云間、綿つむ手と云々。わたつみの底のみるめなどよめり。

私云、わたつ海とは只海の名と心得つべし。わたつみと云ては、若《もし》海神の名とも心得べけれども、古人の説に有上《あるうへ》は、其まゝに可用《もちゐるべき》にや。定家卿のをしへのごとくは、和言は只和哥に可用事《もちゐるべきこと》なれば、やさしき言、又はよせの有ぬべきを可用《もちゐるべし》。万葉の哥も殊更可有用捨《ことさらようしやあるべし》云々。其ために、万葉の哥をぬきかゝれたる記侍り。されども、此一帖にはあまたの説を申（す）まで也。ひろく心得べきため也。連哥等には尤《もつとも》いづれの説をも分明《ふんみやう》の説をば可用歟。今時かたかなの物などを自見《じけん》のまゝにを（お）さへて用事《もちゐること》いかゞとおぼえ侍也。

一、青《あを》丹《に》吉《よし》奈良《なら》の事

定家卿説には、昔、青丹氏が軍《いくさ》に勝《かち》たりし所也。仍《よつて》青丹よき奈良と云つゞけたりと云々。青丹とは人の姓也云々。

一、帛《ミテゲラ》を　ならより出て　水《みづ》たでの　ほづみにいたりて　万長 鳥 網 とあみはる　坂とを過《すぎ》て　石走《いはばし》る　神《かむ》なび山に

あさ宮に　つかへまつりて　吉野《よしの》へと　入《いり》ますみれば略了

とあみとは鳥とる網也。朝宮につかへまつるとは朝宮仕也。水たでの穂つみとは、ほと云《いひ》つゞけんための枕言云々。

東野の　煙《ケブリ》の立《たち》し　所にて　かへりみすれば　月かたぶきぬ　人丸

此東野《あづまの》はよしのゝ、安騎野《あきの》の内に有云々。大和《やまとの》名所也。但東国《とうごく》の野をも云り。それは無名所《ななきところ》也。

一、万葉哥書事《かくこと》

一には真名仮名《まなかな》、一には正字、一には仮字、一には儀読《ぎどく》也。霍公時鳥也。芽子は萩也。黄葉は紅葉也。川津《かはつ》は蝦也。日倉足《ひくらし》は蜩茅也。朝皃《あさがほ》は槿也。垣津旗《かきつはた》は杜若也。乳鳥《ちどり》は千鳥也。秋津《あきつ》は蜻蛉也。あきつばとは蜻蛉羽也。うすき事に云り。秋津羽の衣とよめるはうすき衣の袖也。打背貝《うつせがひ》は空背貝也。春鳥は鶯也。三五夜《モチヅキ》は十五夜也望月也空《そら》にみつ大和国とは昔神武天皇天の岩舟《いはふね》に乗給《のりたまひ》て、あし原の国を見めぐり給しを云云々。あまの羽々矢とは神武天皇の御矢也。あまの児の弓も同前。水鳥とは鵜《う》の事也。丸雪とは霰《あられ》也。東細布とは横雲《よこくも》也。小沼とは池《いけのこと》事也。留魚とは網《あみのこと》事也。不行とは淀《よど》の事也。風流とは曲事也。多集とはすだく也。無用とはいたづら也。潔身とは打《(み)》そぎ也。入風とはすき間《ま》也。日月とは程《ほど》と云事也。火気とは煙《けぶり》也。恋水とは涙《なみだのこと》事也。左右とはまて也。ま袖《そで》も左右袖と書り　磯廻とはいさりの事也。求食とはあさりの事也。喚鶏とはつゝと云心也。八十一とはくゝと云也。金風とは秋風也。馬声蜂音とはいぶせと云事也。馬声蜂音石花とはいぶせきといふ言也。白風とは秋風也。商風とは是も秋風也。若児とはみどり子也。楽々波とはさゝなみ也。朝鳥とは朝日ノ事也。細竹とはしの也。篠也。風流士とはたわれ(は)お(を)也。鶏鳴露とは暁露《あかときづゆ》也。十六とは鹿《しし》と云心也。地とは国《くに》とよめり。

一、日本国名事

浦安国《うらやすのくに》　玉垣《たまかき》の内国《うちくに》　藤根国

秋津国とは日本国の形は、とんばうと云虫の東に向《むき》たるに似《に》る也云々。和国《わこく》　日本国

あし原の中津国《なかつくに》　吾国　波早津国《なみはやのくに》とは難波津《なにはつ》の本名也云々。

一、春過《はるすぎ》て夏きにけらし白妙《しろたへ》の衣ほすてふあまのかぐ山

衣かはかすと云本も有也。

衣干《ころもほす》と云事は、甘橿《アマカシ》の明神とて人の罪《とが》の実否《じつぷ》をたゞし給神《たまふかみ》也。其神《そのかみ》水に衣をぬらして干《ほす》に、遅《おそ》くひるは実罪也。早《はやく》ひるは無実云々。河社《かはやしろ》の哥に、七日ひざらんとよめるも如此義歟《かくのごときぎか》。

一、宇治都事《うぢのみやこのこと》

山城国宇治都、近江国《あふみのくに》内の都両説也云々。みくさかり《苅》ふきやどれりしうぢの都《みやこ》のかりを(ほ)しぞ思ふと云哥は　皇極天皇の御製云々。

やどりするひらの都《みやこ》のかり庵《いほ》に小花《をばな》みだるゝ秋風ぞふく　光俊朝臣哥に

如此哥は〔江〕州のうぢ云々。うさぎの道の都と書歟。み草かりふきとは美草と書り。尾花也。

一、賀茂社事《かものやしろのこと》　中賀茂は片岡森也。

鶴岡山に座《いま》す云々。賀茂山の本名と云り。下鴨《しもかも》は多々須社《たゞすのやしろ》也。号御祖神《みおやのかみ》也。賀茂御神は始《はじめ》は日向国《ひむかのくに》

にあまくだり給《たまふ》めり。おほやまと葛木山《かづらきやま》の峯にうつり、山城国岡田の賀茂にゐ《(い)》ますと云々。大倭《おほやまと》と書。葛河と賀茂河に立座《イマシ》て見はり給て、石河《いしかは》の瀬見《せみ》の小河《をかは》に座《います》と云り。見はり給とは見まはり給と云言云々。

一、玉依姫《たまよりひめ》　別雷《わけいかづち》　丹《ニ》塗《ヌリ》矢《ヤ》など中事も皆此神《かみの》事云々。如此事《かくごとききこと》、委《ゐ》細《さい》は日本〔紀〕にみえたり。是は大方目安《めやす》に注計《しるすばかりなり》也。八尋《やひろ》の屋《や》を造《つく》り八の戸扉をたて、八腹《やはら》の酒を醸《かもす》と云も日本〔紀〕に曰也。かもすとは造事《つくること》也。

万長哥
天《ソラ》にみつ　大和《やまと》の国の青丹《あをに》よき　なら山越《こえ》て　ちはやぶる　宇治《うぢ》のわたりの　滝《たき》の屋《や》の　あこにの原に略

同
ちはやぶる　うぢのわたりの　滝の屋を　みつゝわたりて　あふみぢの　逢坂《あふさか》こえて略

うぢとは寓宙《ヲ、ソラ》《宇宙》と書り。大空の事云々。

一、級照事《しなてること》

万長
しなてるや　片《かた》あすは河　さにぬりの　大橋の上に　紅の　赤きもすそひき　山あひ《(ゐ)》もて　すれるきぬきて略

しなてるとは　しなうと云言云々。照《てる》は日也云々。日影《ひかげ》のかたぶきたる躰也と云り。太子の御哥も此心と云々。しなてるや片とつゞけたるにや。

一、朝毛吉記事《あさもよひきこと》

万長
あさもよひ　き人《ひと》ともしも　真土山《まつちやま》　ゆきくとみらむ　き人《ひと》ともしも

同
あさもよき　きの関守《せきもり》が　たつか弓　ゆるす時なく略
あさもよき、あさもよひ同事也云々。吉《よき》《よひ》　定家卿説は、あさもよひとはきとよみつゞけんため也。朝の食する薪《たきぎ》の気《き》云々。きは煙《けぶり》歟。又云、朝はよき木をたく故に、あさもよき木とよめる共云り。あさもよきとも云歟。たつか弓とは　昔人の妻の弓に成たる名也。紀伊《きい》の関守が持《もち》ける弓　則是也《すなはちこれなり》云々。

万
きの国の昔弓《むかしゆみ(を)》おのなる矢《や》もて鹿《しか》とりなびく坂の上《へ》ぞこれ

是も此関守が矢云々。なる矢とはかぶら矢也。

一、ひも鏡《かがみ》とは紐鏡と書り。氷の　如鏡《かがみのごとく》　なる也。

燈《ともしび》　の明石《あかし》の大門《ナダ》に入日《いるひ》にやこぎ別《わかれ》なん家《いへ》のあたりを

赤石と書り。誉田《ほむた》の天皇《すめらみこと》の御兄のおはしまし、所云々。

近江《あふみ》の海瀬田《うみせた》のわたりにかづく鳥目《め》にしみえねばいきのべ《延》せしも

此二首の哥は武内大臣《たけしうちのおほおみ》の御哥云々。
朝敵忍熊王《おしくまのみこ》をうたれし事を、かづく鳥とよまれたると云。鹿弭坂王《かごさかのみこ》、忍熊王此二人は応神天皇の御兄也。

一、かたまくと云事　片設と書り。片懸《かたかけ》たると云言也。

万
梅花さきたる園《その》のうつろへばさくらが花の時《とき》かたまけぬ

此哥もかたかけ心也。春かたまく、冬かたまくなど云も、片懸たる心也。

万
すべらぎの南《みなみ》の苑《その》に御出《ミイデ》せし其夜の秋は今夜《こよひ》なりけり

皇の一字をすべ※らぎ※とよめり。
住《すみ》の江《え》の岸《きし》の松が根打《ねうち》さらし、とよめるは、只《ただ》うちあらふ也。
万 古へのさゝだ男《をとこ》の妻《つま》とひしうなひ（ゐ）乙女《をとめ》のおきつきぞこれ
おきつきともをくつきとも云同事也。死人の棺を（お）く塚の事云々。かの塚をばうなひ（ゐ）つかと云也。乙女塚とも云。さゝだ男※、ちぬ男、うなひ（ゐ）女三人の塚也。

一、人丸同名事　一人上道《ひとりはかんつちの》人丸　一人玉手《たまての》人丸　一人田口人丸　一人柿本人丸　以上四人云々。此内田口人丸は非哥人云《うたよみにあらずといへ》り。

一、神岳と書て神山《かみやま》と詠り。

一、三輪《みわ》、三室《みむろ》、神南比《かむなび》、是皆同山《おなじやま》云々。
味酒《うまさけ》のみむろとは　酒のみとよみつゞけたる也。うま酒《さけ》と云も味酒《うまさけ》也。

一、吉野の国栖《くず》事
神武天皇の御時、岩をくだきて参たる物《もの》有けり。尾《を》長く引《ひけ》りと云々。名を問給へば石排別子《イハヒラキハケコ》と申（す）。かれが子孫応神天皇の御時、始《はじめ》て吉野の国栖《くず》を奉りけり。くずとは国《くに》す也。
＼くさびら、＼山菓《やまのこのみ》、＼栗、＼鮎などを国の貢《みつき》にたてまつりける也。やがて＼葛〔城〕《かづらき》山の＼いも《芋》＼野老《ところ》などをもそなへけるにや、此物は蛙《かへる》などをも食《くひ》けり。若大蛇《もしをろち》などの子孫歟。
万 吾妹《わぎもこ》やあをわすらすないその神袖《かみそで》ふる河《かは》の絶《たえ》むとおもへば
あをとは、我をと云言也。あをとも、わをとも同言也。

一、古言事

袖ふる河　袖ふる山　神女の天下《あまくだり》て、袖ふりし所の河山等名《などのな》云々。

万 三芳野《みよしの》の蜻蛉《あきづ》の小野《をの》に苅萱《かるかや》の思乱《おもひみだれ》てぬるよしそおほき

あきつの小野、かたちの小野、かげろふの小野　以上同野《おなじの》と云り。日本〔紀〕に委《くはしく》みえたる歟。

とへかしな玉ぐしのはにみがくれてもずの草ぐきめぢならずとも　俊頼

王ぐしの葉とは神木《さかき》也。みがくれてとは両説あり。一には水隠也。一には見えかくれ也。もずの草ぐきとは、俊頼の説には春霞を云と云々。一説には百舌鳥《もず》の居《ゐ》たりける草の枝也云々。大和物語と云物にみえたり。跡なき事、又しるしのはかなき事などに、百舌鳥の草ぐきは詠り。※めぢとは眼路也。見やりたる心也。目かゝりならずともよめる歟。すさむるとは二様也。一には、人をうとみたるをも云也。人もすさめず駒もすさめずなどよみたるは、目もかけぬ心也。駒のすさむるとは用食る儀也。すさめずと云は、きらふ心也。すさむるは入用する心也。

大あらきの森の下草《したくさ》おひぬれば駒《こま》もすさめず苅人《かるひと》もなし

雨などのふりよはるをばふりすさむと云、人をすさめたる儀に同心歟。ふりさけ見《みる》とは、ふりあふのきてみる心也。

あまの原ふりさけみれば春日《かすが》なる御笠《みかさ》の山にいでし月かも

こゝだくにとは幾と書てこゝだくと読り。又云、心にと云言にも用《もちゐ》たり、たゆたふとは、ゆらるゝ躰也。舟の浪の上にゆらるゝ躰也。又思《おもひ》たゆたふなど云は、とかく思《おもひ》さだめぬ心に云り。心のゆるぐ程《ほど》歟。わづらふ躰歟。大舟のゆたのたゆたに物思ふ比《ころ》と詠り。

いさにとは、しらずと云言也。

一、たづ※きと云は　万葉には田時と書り。便《たより》の心也。たづきなきなど云も、たよりなきと云言云々。たづきもしらぬ山中《やまなか》に、同心歟。そばのたつ木は只立木《ただたつき》歟。

一、まに〳〵とは　まゝにと云言也。随意と書り。

一、こゝらとは　おほくと云言也。

一、そこらとは　そこばくと云言也。

一、ざ※れとは、春ざ※れ、冬ざ※れ、など云も、只《ただ》春は、冬は、と云同言と云也。

一、春さりくればなどゝ云は、春去来ばと云言也。

一、しみゝとは　しげきと云言也。

一、とをゝとは　万葉には十尾と書り。草木の末のたわみのく躰也云々。たわゝとは　たは《（わ）》む也。

一、いさゝめとは　いさゝかの程など云心と云々。公任卿説は、かりそめと云言云々。

いさゝめに時待《ま》（つ）まにぞ日はへぬる心ばせをば人にしれつゝ

此哥の心も、いさゝかのほどに叶へり。

一、しづ※くとは、しづ※みもせず、うかびもせぬ事也。しづ※く花の色、しづく石などゝよめるも、水上にかくれあらはれ見えたるを云云々。

一、わくらはとは、まれなると云言歟。わくらわ也。わくらはとは は文字をにごるべからず。

わくらばに問人《とふひと》あらば須磨《すま》の浦にもしほたれつゝわぶとこたへよ

此哥も、まれにもとふ人あらばとよめり。わくらわとよむべしと師説也。又桜の紅葉などの時ならぬを、わくら葉と云事も世俗に云り。其もまれなる心歟。

一、すだくとは　多集と書り。其心也。野もせにすだく螢なども其心云々。

一、山もせ、野もせ、庭もせ、など云も、せばき心と云々。みち〳〵たる心也。

一、玉ゆらとは　しばらくと云言也云々。

玉ゆらの露も涙もとゞまらずなき人こふるやどの秋風

此哥も、しばらくの心に叶《かな》（ひ）たり。

一、うたかたとは　少々と云言と云り。水のあは《（わ）》のうたかたとよみつゞけたるは、あは《（わ）》によせたる言也。うたかた人と云人有《あり》と云説は、不可用《もちゐるべからず》云々。うたかた人にあはできえめやと云哥も、人にあはできえめやとよめりと云々。うたかたとよみきりて、人にあはできえめやとよむべし。

一、はしにとは　はしたにと云言也。半の字をはしにと読り。木にもあらず草にもあらぬと詠《よむ》も、竹は木にも草にもあらぬ物也。されば半也と読り。竹のよの橋に成たるには非ず。

一、しばなくとは　両説也。一にはしげなくなり一にはしば〳〵鳴（く）なり。

一、しき〳〵とは　雪などのしきりにふる躰也。しく〳〵ふるも同事也。敷〳〵と書《かけ》り。

一、なげとは　なを《（ほ）》ざりと云言也。なげらにいひしことのは、なげのなさけなど、云も、なを《（ほ）》ざりの情《こころ》也。

一、けゝれなくとは　心鳴《こころなく》也。甲斐国《かひのくに》言也。
一、とことはとは　常なる事也。とことわとよむべし。師説也。とことはとはよまず。
一、が※てとは　且と云言也。ふる雪のつもればがてにくだけつゝとよめるは、かつ〳〵《且》也。消《きえ》が※て、過《すぎ》がてなどゝいふがては、難と書也。過《すぎ》がたき也。
一、ことに出《言》てとは　ことばにいでゝと云也。
一、うつたへとは　うちたへたると云言也。
松が根を磯辺《いそべ》の浪のうつたへにあらはれぬべき袖の上かな
此哥も、うちたへてあらはれたる心也。
一、こきたれてとは、八雲には、ふた〳〵と注せられたり。雪などのかきたれふる心歟。かきたれてとも、こきたれてとも、同言也。
一、ひたぶるとは　永と云言也。ひたすらにも、一向にも、叶《かなひ》たる言也。
一、かご※ととは、一説は　かこつ也。一説は　かこつけごと也。風の音のかごとがましきと云は、かこちがましき也。
一、ひたち帯《おび》のかごとも両説也。かこつけにも叶《かなひ》たり。かこちにも叶《かなひ》たる也。又は、五音なりとも。源氏に、こうちぎをかごとばかりひきかけたると云は、かこつけとみえたり。
一、ゆらにとは　ひまなきと云言云々。足《あし》だまも手玉《てだま》もゆらにと云も、足手のひまなきと云言也云々。
一、いそふとは　あらそふと云言也。きそふと云もあらそふ也。きそひ狩などゝ云も、あらそひて狩する事也。

一、はだらとは　斑《まだら》也。はだれも同事也。

一、うちきらしとは　うち霧《きり》たると云言也。うち霞《かす》むなど、云躰云々。

一、たわ《(は)》れをるとは　あそび居《を》(る)也。万葉には　風流士と書て、たはれをと読り。色好《いろこのむ》お《(を)》とこをも云也。たわ《(は)》れ女《め》も同心云々。

一、つかのまとは　時の間也。苅草《かりくさ》のつかのあひだともよめり。あひだもを《(お)》かずふる雨などよめるも、まの事也。

一、うつろふとは　移《うつる》也。鶯の鳴《なき》てうつろふ梅がえと詠《よむ》。人の心のうつろふと云も移也。

一、さきわ《(は)》ふとは　さかへたる事也。さきわ《(は)》ふ国など、云《いふ》。

一、ふくめるとは　つぼめる也。ふくめりし花の初《はじめ》てひらくと読り。

一、いづさ入《いる》さとは　出《いで》ざま入《いり》ざま也。

一、ち草《ぐさ》とは　千草ならでも云也。茅草苅とも読り。

一、ひともとゆへ《(ゑ)》とは　ゆかりを云。

一、根《ね》こ※じても根《ね》ぐしてとも云、根引《ねびき》にうへ《(ゑ)》たる草木也。

一、かたへとは　かたはら也。かたへの人もかたはら《傍》の人也。源氏に、かたへは人の思はむ事もなど云も、かたわ《(は)》ら也。木のかた《片》枝也。

一、みやびとは　情《なさけ》也。八雲の御説如此《かくのごとし》。源氏にも伊勢物語にも云り。心のやはらぎたる躰歟。

一、まほとは　すぐなる心也。舟の真帆と云は、十分なるを云。人のまを《ほ》にもみえぬなどいふは、うるはしくさは〳〵とも見えぬ事也。

一、ゆお《ほ》びかにとは　光かゞやきまばゆき躰也。源氏にも、池のさまもゆお《ほ》びかにと云り。かざみの袖もゆお《ほ》びか也など云り。此事　八雲には何とも見えず。

一、さゝめくとは　さゝやく也。さゝめごとも、みゝうごとも同事云々。耳言と書《かき》て、みゝうご※とゝよめり。

一、とむとは　もとめたる事也。

一、あらましきとは　あら〳〵しき〔也〕。風の音のあらましきなどよめり。

一、うだ※ゝとは　うたてと云言也。うだ※ゝある人と思《おもひ》ける哉《かな》と詠り。

一、鬼こもるとは　心にくしと云心也。

一、うはべなきとは　なさけなき也。

一、やゝとは　やう〳〵と云也。花のやゝちるもやう〳〵ちる也。やゝ有《あり》てと云は、良也。

一、あざ※むくとは　二様也。一には　ほめたる心也。玉とあざむくとは　ほめたる義云々。誰かは秋のくる方にあざ※むきいでゝとよめるは、訴《うつたへ》たる心也。わざんしたる也。

一、ちな《千名》にたつとは　さま〴〵に名の立《たつ》也。

一、なれとは　を《お》のれなり。

一、ながとは　汝也。
一、あせたるとは　山、河、里などあれ替《かはり》たる也。
一、を《（お）》のがよゝとは　を《（お）》のれ〳〵と云言也。
一、を《（お）》のがじゝとは　を《（お）》のがどち也。たゞを《（お）》のれ也。
一、さぬらくとは　少《すこし》ねたると云事也。
さぬらくは玉のをばかりこふらくは富士の高根《たかね》のなるさはのごと
是も人とねたるは少《すこし》にて、名の立事《たつこと》は鳴沢《なるさは》のごとくきこゆるとよめり。
一、ことぞともなくとは　何事ともなくと云言也。
一、老《おい》さび※とは　老と云言也。
一、翁《おきな》さび※とは　老て若《わか》やぐ事也。
一、こまがへる※とは　老て後《のち》、若く成と云言也。うつほの物語にも源氏にも云り。
一、しりゐ《（へ）》とは　家のうしろ也。しりゐ《（へ）》の岡と云も、うしろの岡也。
一、しめゆふとは　我物《わがもの》にしたる事しめし野と云も此心也。
一、おほ縄とは　おほすがたなどゝ云言也。
一、またけんとは　全幸と書り。命またけんなどゝよめり。さしあたりてと云言とも云り。
一、うらぶれをれば※とは　物思《ものおもひ》などになえ恨《うらみ》たる様也云々。しなへ《（え）》うらぶれと云、同事也。
君待《まつ》としなへ《（え）》うらぶれ我《わが》をれば簾《すだれ》うごかし秋風ぞ吹《ふく》

一、しづはたとは　ひとへにと云言也。しづはたに思《おもひ》みだるゝと云も、ひとへに思みだれたる也。ひたすらの儀云々。

一、しづはた山と云名所も　只一重《ただえ》なる山也。駿河の府、浅間宮の新宮の上の山を云り。

一、をちこちとは　あちこち也。遠近とも書り。昨日よりをちをばしらずとよめると云々。

一、末《すゑ》つゐ(ひ)にとは　さやあらんずらんと思《おもひ》し事のすゑに終《つひ》に有《あり》と云事也。

一、神さぶなど云は※　必《かならず》神にかぎらず、物のすみたる躰を、さびしともさぶとも云也。松などの木高《こだか》きをも神さびたりと云り。うらさびしとも云也。浦のさびしきには非ず。うらがなし　うらめづらしうら待《まち》をる　うら恋しなど云言、やう〳〵と云心にもかよふか。しほがまの浦さびしくもみえわたるかなとよめるも、浦にそへたる言也云々。

一、身にいたづきとは　労也。いたづがはし也。古今の説かくのごとし。

一、あふさきるさとは　とするもかくするもと云也。しかりとてとするもかゝりかくするもあないひしらずあふさきるさに〔此哥も此心と云々。〕

一、もとくたちとは　木などの末の、本《もと》にくだるやうなる事云々。もとくたち行我盛《ゆくわがさかり》はもと云哥も、此心也。

一、さかりはもとは　只盛《サカリ》はと云言也。もはやすめ字也。

一、心がへとは　心を替《かはる》と云也。心づからとは、心から也。

一、心あてとは　こゝろにを(お)しはかる事也。

一、手もすまとは　手もやすめぬ事也。

一、せにやなりぬるとは　せばくや成ぬる也。狭字也。野もせ　庭もせ　同心云々。

一、ひなび※たるとは　田舎めきたる也。里びたると云も里めきたる心也。お《(を)》さなめきたるをもひなびたると云々。源氏に、しびらだ※つ物　切かけだつ物　ゐ中だ※つなどと云も、めきたる　びたるなど丶云やうなる言云々。

一、そ丶やとは　そよやと云言也。

一、なへ《エ》とは　其時にと云言也。即時也。花のちるなへに、風の吹《ふく》なへになど云も只即時也。我門のいなおほせ鳥の鳴《なく》なへに、などよめり。

一、あやなしとは　無益《むやく》と云言也。又、やみはあやなしなど云は、文無《アヤナシ》と云也。物の文《あや》もみえぬ心と云々。

一、いやとしのはとは　弥《いよいよ》の年也。は文字は例のやすめ字也。

一、ふたしへとは　二様《やう》と云言也。

一、このもかのもとは　此面《このおもて》かの面《おもて》也云々。一説は、つくば山に限《かぎり》ていふべしと云々。一説には、大井川などにも云と云々。

一、さしながらとは　さながら也。し文字はやすめ言也。

一、ひた道《みち》とは　一向と云心と云々。ひとへにと云心にも云也。

一、いやましとは　弥《いよいよ》まさる也。

一、しげぬくとは　露などの草にしげくを《(お)》くをも云也。

一、ま梶《かぢ》しげぬくと云。

一、まくり手とは　袖まくり也。

一、ゆきふりとは　行触也。堀河院百首中に、納涼哥に、泉の水にゆきふればと有《ある》を、雪のふればと心得て、うたがはしかりしを、行《ゆき》ふれたるとよみけりと心え侍《はべり》て、不審ひらき侍り。如此《かくのごとき》こそ自見《じけん》ばかりにては、うたがひおほかるべけれと覚え侍れ。

一、心にのこるとは　心にかゝるを云。

一、時ぞともなくとは　いつともなしと云事也。

一、まとゐとは　めぐりゐたる事也。円居也。のり弓のまとゐは別の事也。其は的射《まとい》也。

一、なまめくとは　やさしき躰、幽玄などをなまめきたると云也。

一、なごむとは　やはらぐ心也。心はなぎぬと云も、※なごむ同言云々。

一、いとなしとは　いとまなきと云也。

一、そのかみとは　昔、古などを過《すぎ》にし方を云也。

一、いともかしことは　いと恐有《おそれあり》と云言也。

一、目もあやとは　目出〔た〕き心也。目《め》驚也。

一、けにとは　勝と書て、けにと読り。露よりけなると云も、露よりまさると云也。

夕暮は螢よりけにもゆれども光みねばや知人《しるひと》のなき

此哥も　螢よりもまさりてもゆとよめり。

一、むせぶとは　とゞこほる心也。霞にむせぶ宇治の河浪とよめるも、とゞこほる心云々。

一、しがとは　汝《な》が也。しや※がと云も汝也。

一、はたとは　将又《はたまた》也。

一、たがたにかとは　誰方にかと云言也。又誰《た》がためにかとも云り。

一、しほどけしとは　ぬれしほたれたる也。あなしほどけの袖のけしきやと詠り。吉野河にて、かいのしづくいとしほどけしとも云り。舟のかいのしづく也。

一、月よめばとは　月次《つきなみ》をかぞふると云言也。月よめばいまだ冬なりなど詠り。

一、うれたきとは　うれはしきと云を、うれたくも有哉など云り。

一、あからめとは　外目《ほかめ》するを云《いふ》。

一、めぐらひてとは　世にめぐるなど云言也。源氏にも云へるにや。

一、はやくよりとは　とくよりと云言也。又過《すぎ》しと云心にも云り。山川のはやくよりこそ思《おもひ》そめしか　などよめり。

一、ながれてとは　ながらへてと云也。ながれての世などゝ云も、ながらへての世と云也。行末の心也。

一、えにとは　縁也。えにはふかしなど源氏にも読り。江と云題にてよせよめる事多し。

一、なみに思はゞとは　なみ〳〵と思はゞと云也。並也。

一、はぎにあげてとは　いそぎありく躰事《ていのこと》也。はかまのすそなどをくりあげたるなりと云々。かも河をはぎにあげてわたるなどよめり。

一、うまやとは　今やと云言也。駅《うまや》にはあらず。うまや〳〵と待《まち》をればなど読り。
一、おやなしにとは　たよりなきと云言也。
一、ふみならしとは　道をふみなれたる也。板などをふみならすは音也。草を冬野にふみ枯《から》しとよめるもふみなれたる心也。
一、も中とは　ま中と云言云々。まともとは五音云々。半の心にも叶云々。霧のも中、水のも中も只《ただ》中也。
一、まい《(ゐ)》こんとは　めぐりこんと云言也。万葉に、あれはまい《(ゐ)》こん年の緒《を》長《なが》くと読り。まい《(ゐ)》りこんとも心〔得〕べし。
一、あれとは　我と云言也。
一、かもながらとは　かくながらと云言也。
たち山にふりを《(お)》ける雪とこ夏にけず※てわたるはかもながらこそ
一、さがなしとは　よからずと云言也。悪と云字をさがと読り。世のさがといふもあしき也。嵯峨天皇の御代に、内裏の門に落書を書たりけるに、無悪善と書たるを諸人《もろびと》心も得ず。君きこしめして是は吾事を書たる也。いかさまにも道風が所行歟と覚《おぼえ》けると云り。さがなかりせばよからましと云落書〔と〕云々。

八十一之徳翁

言塵集 第三

鳥 草 木 言 文字仕

一、玉もゆらにとは　心のゆたかなると云言也。
一、むつまかとは　夫妻不合の心云々。
一、うれたしとは　ねたしと云言也。うれたくも有哉《あるかな》などゝ読り。
一、ひきまかなふとは　弓などを引たづさふ也。
一、いさけきとは　いさめるつは物など云言也。
一、おめりくだすとは　山などより下を見下《みおろ》す也。
一、まゆねかきはなひひもとくとは　待人《まつひと》の可来《くべき》相也と云り。
万 左手の弓取方《ゆみとるかた》の眉《まゆ》ねかきはなひゝもときいもにあはんかも
　左の眉の尾《しり》かゆくて、はなをひて、ひものとくるは待人（の）来（る）相也。
万 出てゆかん人をとゞめんよしなきに隣の方にはなもひぬかな
出行の時分に、人のはなをひたるは、其日の出行をいみてとゞまる也。
一、とふのすがごもとは　両説也。一には、こもをば十《と》ふにあむ也。一には　奥州に、とふと云《いふ》里にこもをあむ所也。所の名を、こもによみそへたると云々。又但馬なる十《と》ふのすがごもとも読り。

万　みちのくの十《と》ふのすがごも七《なな》ふには君をやどしてみふに我《われ》ねん

此哥は、君をばひろくねさせて、我はそのかたはらにねんと云々。

一、滝津《たきつ》心とは、物思《おもふ》には心のとゞろきわき帰《かへ》る由也。

一、すがの根とは　長き事に云り。玉《たま》の緒《を》とは　命をも云。よき緒《を》の事とも云。

玉の緒《を》をあは《(わ)》緒によりてむすべらばと云は、よは《(わ)》きをあわ緒と云也。

一、恋のやつこ《奴僕》とは　恋につかはれたると云歟。八字と心えたるはひが事と云々。古哥に、恋のやつこのしたひかゝりてと読たるは、子になずらへてよめる計《ばかり》也。

一、万　夏かりの玉江のあしをふみしだきむれゐる鳥の立空《たつそら》ぞなき

夏かりの事　両説也。一説には、夏苅の蘆也。一説には夏狩也。又云、夏雁云々。師説には、夏苅のあし也。立空《たつそら》ぞなきとは　就言《ことばにつけて》羽ぬけ雁と尺《しやく》せり。凡《およそ》は両説有事は、時によりて可用歟。又夏狩とて鹿狩《ししがり》を云歟。薬狩《くすりがり》云々。五月五日以後の狩と云り。

一、河社《かはやしろ》の事　是も両説也。顕昭云、夏神楽《かぐら》也云々。

俊成卿云、河の辺にて神に祈事《いのること》有云々。

河社しのに折《をり》はへほす衣いかにほせばか七日《なぬか》ひざらん　と云哥也。貫之が哥に有歟。如俊成卿口伝者《くでんのごとくならば》、河の清く浪たかき所は　必《かならず》水神のすむ所也。其に篠《しの》などにて棚をかきて、神供《じんく》をそなへて祈事《いのること》云々。無実おひたる人などの祈《いのる》に、を《(お)》そくしるしのみゆるを七日不干《なぬかひず》とよめりと云々。しのに

とは、ぢたいにと云心にもよめり。古人云、無実おひたる人の衣をぬらして神水の所にてほしてみるに、を《（お）》そくひるはとがあらはれ、早く干《ひる》は無実也と云り。是をたゞし給ふ神有《ある》にや。

一、しかうとは　草を苅《かり》て結合《むすびあふ》を云也。

一、くわ《（は）》のえびらとは、かい子かふに、すゝきなどをあみて、それにを《（お）》きてかふをえびらと云々。俊頼説也。

山家夏月

山里はくわ《（は）》のゑ《（え）》びらにすむ月のかりにもまゆのすそはみえつゝ　俊頼

一、しづりとは　雪消《ゆきげ》の時、木より落《おつる》を云り。

一、わらてくむとは　わらをくみ合（せ）たるを云。わらてくむあづまお《（を）》とめの萱《かや》むしろと詠り。俊頼云。

一、みくみとは　人の手をくみ合たる様にくみたる物也云々。みくさみとて舟のはたに浪をふせぐためにあみ付《つけ》たる、そのごとくなるを、みくさみとも云にや。

一、まぶしとは　狩人の弓かくしに柴などをさしたるを云云々。

古哥 まぶしさすさつお《（を）》の身にもたへ《（え）》かねて鳩吹《はとふく》秋の声たてつ也《なり》

まつお《（を）》のねらひ、さつお《（を）》のねらひなどゝ云同事歟。

一、芹《せり》つむとは　恋するを云也。芹摘《せりつみ》し昔の人もわがごとやと読り。我《わが》ごとやとは我如《わがごとく》也。

一、山かたづきてとは　山片就と書り。八雲には、山のそば也云々。夕の陰の山のかた〳〵に付躰《つくてい》歟。

夕ま暮《ぐれ》山かたづきて立《たつ》鳥の羽音に鷹をあはせつる哉

此哥の心は暮《くれ》はてたる事とも心えつべし。しからば山形尽（て）と心えつべけれども、先賢の説によるべし。

一、しらづ※くし　みをづ※くし同物歟。

一、あまのさかてとは、人を呪詛《しゆそ》するに手を打《うち》て天に仰《あふぎ》てのろふ事也云々。神事の時、御手ぐらと云も宮人一同に手を打《うつ》にや。

一、木間《このま》くゝたちとは　鳥などの木間をくゞ※り立《たつ》なりと一説也。さの《野》、く、たちは別事歟。いまだ師説をうかゞはざる事なり。

一、あまのまてが※た　あまのまくかた両説也。俊成卿説はあまのまてがた、清輔説は海人のまくかた也。いづれもいそがしき事に読り。塩干潟にて、まてと云貝をとる間、塩の不満《みちざる》さきにといそぐ云々。まく潟とは、干潟に、もとしほにしめたる沙を又まきちらして、今しほみちくるに、又しめてからくなして焼也云々。是も、しほのみたぬ先にいそぎまくと云々。八雲には、まてがたの説を御用也。

一、下ひもとくとは　人に逢時《あふとき》、ひもをとく云々。我ならで下ひもとくなど詠り。

一、玉くしげあくと夢みるとは　我思人《わがおもひ》にしらるゝ相也と云々。

一、やそくまとは　八十隈と書り。道辺などに隈《くま》のおほきを云歟。隈とは岡の高きを云り。かくれ也。

一、くゞ※つもちとは　海人《あま》の子など※の海草苅入《かりいる》る籠を持《もち》たるを云云々。又は、海人の子を云といへり。

一、とまでとは　秋田かるとま手と読り。八雲には、田かる手也と云々。私云、とまでとは、田苅人《かるひと》のうでにわらをあみて巻《ま》（く）を云り。鷹の手貫のごとく也〔と〕田舎人の申せども、非正説上《しやうせつにあらざるうへ》は不及中事也。田苅《たかり》をやとひあつむるをも云とかや申せども、たゞ田苅手《たかるて》を可用歟。

一、やそのつかさとは　八十代までといふ言也。色たへの子とは　好色を云り。

一、三《みつ》わさすとは　老《おい》かゞまるを云。ひざがしら二《ふたつ》とおとがい《（ひ）》の一所《ひとところ》によるを云也。みつわぐむと同事也。

一、こつみとは　木のくづの事也。こづ※みうかぶ杣《そま》山川と云。

一、ちはやぶるとは　久《ひさし》き事を云也。神をも申。松などの古木をも云り。

一、みの代衣《しろごろも》とは　蓑《みの》の替《かはり》に著《き》たる衣也。又みがためなどの撫物《なでもの》をも云にや。形代《かたしろ》草と云も祓《はらへ》の麻の人《ひと》形《かた》也。

一、うへふせを《（お）》きてとは　魚とる筌《ウヘ》の事也。江池などにしづめて魚をとる物也。江里《えり》と云も、江に垣をしまはして、魚を入《いれ》て取也。

一、都の手ぶりとは　俊頼云、都のうるひ也云々。都のふり歟。ふるまひ歟。

一、布《ぬの》かたぎ※ぬのみるのごと※ゝは、ぬのゝかたぎぬのすその破《やぶれ》さがりて、海松《みる》をさげたるに似（た）る也。ごとゝは如《ごとく》也。

一、鶉衣《うづらごろも》と云も　衣のすその破《やぶれ》たるに、うづらの毛の似（た）るを云也。

一、ほだしとは　物のはなれがたきを云り。

一、あからひくとは　赤事《あかき》也。又明也。あからひく色《しき》たへの子《こ》と詠り。夜《よる》はすがらにあからひく日もくらきまで　とよみたり。終日《ひねもす》日のあかきよし歟。八雲には、日の明なる歟と御説也。あからひく色た

への子とは　若紅《もし》のはかまなどの事歟。猶可尋《なほたづぬべし》。
一、水駅《みづうまや》とは　舟路の駅也。水むまやとは　饗《もてなし》の無《なき》也。もてなしせぬをば水駅《みづうまや》と云也。源氏にも、みづむまや夜ふけぬと云り。私云、すゑきとも云り。
一、ひま行駒《ゆくこま》、目わたる鳥、月の鼠《ねずみ》など云は無常のたとへに云。
一、はと吹（く）秋とは　さま〴〵に云り。治定《ぢぢやう》の説無《なき》歟。初吹、鳩吹、狩人の事、山賊の事なにかと云り。
一、玉かづらかげにみゆるとは　かげといはんとて玉かづらとは読り。面影の事也。天智天皇の崩《ほう》じ給《たまひ》し時、后の悲み玉《たまひ》て読る哥云々。
一、くがたち※とは　ぬす人の事云々。ぬすみの実否《じつぴ》をしらん為に、湯起請《ゆぎしやう》と云事に云り。
万 あまが※ゝの岡のくがたち※清ければとよめり。あまがゝは所の名也云々。
一、ふかう《無何有》の郷《さと》とは　面白くえもいはぬ所也云々。仙郷云々。俊頼云。
一、ひたい（ひ）のかみしゞくとは　ひたい（ひ）のかみのちゞむを云。恋する女のかみはちゞむと云り。
一、駒ぞつまづくとは　人に恋らるゝ人の乗（たる）馬は爪《つま》づくと云々。又云、駒ぞつまづく家恋《こふ》らしもとも読り。
一、袖に付墨《つくすみ》と云も、恋らるゝ人の袖には墨の付（く）と云事也。
一、ぬぐくつの重《かさな》るとは　妻の、こと男に逢ふさとし也と云々。
一、う坂の杖《つゑ》とは　越中国卯坂《うさか》明神の祭には、女の男したる数、神〔主〕打《うつ》と云々。つくまのなべの数の如しと云々。
一、そがひとは　を《(お)》いすがい也。俊成卿説也。そがい《(ひ)》にみゆる奥《おき》の嶋《しま》とよめり。
一、鳩のきゞす、鳩の鶉《うづら》など、云事、不可用由《もちゐるべからざるよし》　定家卿いましめ也。昔、鷹をとる雉《きぎす》の有けるを云々。
仲正
人心鳩の鶉にあらなくにしゐ《(ひ)》てせむれどのがれのみ行《ゆく》
此哥は、鳩の鶉とは羽の二重に有て、鷹の追付ざりけるを云とも一説也。
一、たのむのかりとは両説也。田面雁、憑《たのむ》の狩等云々。鹿狩と雁と也。まみむめもの五音也。たのもしのかり也云々。たのむとよまば〔狩と〕心うべき歟。田のもといはゞ雁と心うべき歟。両説なれば共（に）可用歟。
一、三重《え》の帯とは　恋にやせて常の帯を三折にしたる也云々。つねの帯を三重《みへ》にゆふべく我やせにけりと万葉哥也。
一、よるべの水とは　神水云々。又賀茂にかぎるべしとも云り。俊成卿、清輔朝臣両説に云り。
一、くしみ玉とは　神功皇后の御こしにはさみ給し石の名と云り。
一、とぶさたつ足柄山《あしがらやま》とは両説也。一には、木の梢云々。一説には、杣人《そまびと》のまさかりお《(を)》のなどの名也云々。
とぶさ立《たつ》足柄山に舟木《ふなき》切木《きり》にきりかへつあたら舟木を
此哥心は、杣木切たる其きりくゐ《(ひ)》の上に、其木の末を立《たつ》る也。葉守神を其梢にいはふしるしと云り。
木に切替《きりかへ》つとは　さてよめると云々。一説には、木にきりかけつあたら舟木をと有《あり》。杣木を切《きり》たをす《(ふ)》に、そばなる木にきりかけたるをば用木にせぬ事也。仍《よつて》木にきりかけたれば、あたら木かなと読りと云々。足柄山は相州也。此哥は筑前観音寺の杣木の時の哥云々。此不審未落居《いまだらつきよせず》云々。若《もし》筑州にもあしがら山と云山有《ある》にや、おぼつかなし。

一、かたまくとは　春かたまく、夏かたまく、時かたまけてなど云、皆かたまけたる心也。片設と書也。待《まち》まうけたる義也云々。清輔抄には待と云言と云り。

一、あさか潟《がた》しほひのゆたにおもへらばうけらが花の色に出《で》めやも

あさかがたは名所也。うけらが花はをけらの花也。さきながらひらけぬと詠り。つぼみたるごとくに花のつゝまれたる物也。仍《よつて》さきながら開《ひら》けずと読りと云り。しほひのゆたとは、ゆたかにと云心歟。万葉に多く有《あり》。

朝霞かひやが下に鳴《なく》かはづ声だにきかばわれ恋むやは

此かひやの事、六百番哥合に再三見えたり。飼屋　鹿火屋　蚊火屋など、説々有歟。魚とるにも飼屋とて有《あり》と云々、それは飼付と云也。魚を飼付てすくひて取《とる》にや。俊成卿説は鹿火屋歟。

一、とこ世物此　橘《ものこのたちばな》のいやてりに吾大君《わがおほきみ》は今もみるごと

橘は常世《とこよ》国より来し故に常世《とこよ》物と読り。いや照《てり》とは、弥照と云心云々。君の御事を橘になずらへ詠ると云々、此時の御製にも、橘のとをの橘八《ヤツ》よにもと有歟、橘の諸兄大臣の家にての御製也。十《とを》の橘とは、遠き心云々。八世《やつよ》とは、八代とも八千代とも云り。是等説《これらのせつ》は仙覚律師云《いへり》。

一、とこよべ※にすむべき物《もの》をたち剣《つるぎ》わが心からおそやこの君

此哥は、浦嶋の子が事也。とこよべとは、常世にと云り。太刀《たち》剣《つるぎ》とは、わとよみつゞけん為の枕言

云々。剣には、わの有《ある》にや。今の太刀のつば是也と云り。是も仙覚云《いへり》。
万 我はもややすみをえたり皆人《みなひと》のえが※たくしたるやすみを得たり
此哥は、やすみと云女を人のもとにつかひけるを諸人恋けるに、我一人えたりと読りと云々。師説には、此哥は我はりややすみを得たりと有本が正説也と云々。我ば※りとは我ばかりと云言云々。我ば※りや我はもや、此りともと〈ママ〉をよみあやまり、かきあやまりたる歟と云り。あまのまくかた、あまのまてかた、是もくとてとあやまれりと云り。こもり口、こもり江も、此あやまりと云り。から衣きならの山、から衣きなをのやま、是もラとヲとあやまると云り。和字は如此のあやまり有故に、哥をば文字をたしかに可書《かくべし》と定家卿仰られたるにや。相構《あひかまへ》てまぎれつべき文字をばたしかに書（け）と也。文《も》字仕《じづかひ》をむねとせらるゝは此故云々。

一、和字文字《もじ》仕事《づかひのこと》

緒の音　を　ちりぬるを書之、仍用之《よつてこれをもちゐる》。

をみなへし　をだえの橋　をく露　てにをはの字　尾之音

お

おく山　おほ方　おもふ　おしむ　おどろく　おぎの葉　おのへの松　花をおる　時おりふし

え

江　枝　梅がえ　松がえ　たちえ　ほつえ　しつえ　たえ絶　ふえ　きこえ　こえ越　聞え　見え

風さえて　かえでの木　えやはいぶき

へ

うへのきぬ　しろたへ　かへ《栢》の木　うへをく　まへうしろ　とへ問　こたへ　おもへば　たへず不堪

としをへて

ゑ

すゑ　ゆくゑ《由来》　こゑ《声》　こずゑ《梢》　ゑ《絵》　ゑ士　いゑ《家》　ゑのこ《犬子》　ゑ《詠》い哥　ゑ産穢　ゑんか《垣下》の座《ざ》　物ゑんじ《怨》

ひ

こひ《恋》　思ひ　かひもなし　いひしらぬ　あひみぬ　うひこと　おひぬれば　〔おいぬれば〕おい此二相兼也

いさよひの月如此字哥の秀句の時は皆通用之

ゐ

あゐ藍　いゐ《池の井也》　つゐに《遂終》　よ〔ゐ〕のま　いゐ《飯》　よ日又常通用也

い

西のたい　鏡のたい　てんかい

高円《たかまど》の野《の》への皃花面影《かほはなおもかげ》に見えつゝいもは忘《わすれ》かねつも

此皃花の事、いづれの説も不分明《ふんみやうならず》。　定家卿口伝云、只其事となくうつくしき花とのみ心うべしとばかり也。　家持卿如長《ちやうかのごとく》哥は秋の花歟。

かの《彼》みゆる《見》池辺にさけるそが菊《ぎく》のしがみさ枝《えだ》の色のてこらさ

そが菊とは黄菊と云り。承和菊と云とも。俊成卿説にはそわ菊也。追《おひ》すがひさまに見えたる菊云々。

しがみさ枝は、汝《な》がさ枝也。色のてこらさとは、照《てり》こしと云言云々。

右詞条々、諸家之記之内、或は口伝、或以自見注之《じけんをもつてこれをしるす》。諸人令存知条々、不及注付也。

三笠山春を音にて知《しら》せけり氷をたゝく鶯の滝　西行上人

鶯の滝は名所也。

梅の花雪にみゆれど春のき〔は〕煙《けぶり》をこめて寒からなくに　忠峯

雪が※てに吹《ふく》春風ははやけれど青《アヲ》山なればさむからなくに

霜枯し春の荻はらうちそよぎすそ野に残るこぞの秋風

山といはですそ野をよめる証哥に書入り。

一、せこなはとは　鹿狩に縄を引て鹿を追出《おひいだす》也。

一、高草かくれとは　狩詞に云り。草こめなども云。

一、朝げたく火とは　朝食する火云々。

一、荻の葉ずりとも読り。

一、鹿の村友ともよめり。

一、お《（を）》鹿にあひはつれつゝとよめり。

一、浪の上にほのに見えつゝ行《ゆく》舟と躬恒《みつね》読り。ほのにとはほのかに見えたる也。

一、よひゐとは　よひ居也。

一、けのすればとよめり。にくきけのすればなどゝ云。

一、火とりの桶。

一、うすれてとは　氷のうすきに云り。うすらかなる歟。

一、ならの葉のしげ※きひゞ※きの下風にうちきてつどふ村里の人　定家卿

一、夏影《なつかげ》とよめり。

一、秋のむら雨ひやゝかにと読り　定家〔卿〕

一、たしかなると読り。　一、たづさはると詠《よめり》。

一、露のかたはしと詠《よめり》。　一、もろことゝ詠《よめり》。

一、うとましと詠《よめり》。　一、世《よ》習《ならひ》とよめり。

一、おびたゝしと詠《よめり》。是皆定家の言。

一、袂かへと詠《よめり》。　一、いぶかしと詠《よめり》。

一、ひたおもむきと詠《よめり》。一向におもむく也。

一、心ば※へと言にも哥にもよめり。

一、鹿の跡つなぐ※と詠り、あとをとむる也。狩言《かりことば》也。

一、心もとなくと詠り。　一、ほしめづる哉《かな》と詠《よめり》。

一、ひさく花と詠《よめり》。　一、はしたに、はしたなしとも詠《よめり》。

一、さまあしきとも詠《よめり》。　一、口のはと詠《よめり》。只《ただ》口の事也。

一、おとしむるとも詠《よめり》。さげ※しむると世俗に云事歟。

一、遠雁《とほかり》と詠《よめり》。
一、いくしほりと詠《よめり》。しほりあまたの事歟。
一、たぢろくと詠《よめり》。
一、にえ（へ）の初狩《はつかり》と詠《よめり》。
にえ（へ）は神にも君にもたてまつる事也。
一、にご※りゐに影をならべ※てすむばかりかへばや人のつれな心を
井《ゐ》をかふるにそへよめり。
一、身じ※ろくと詠《よめり》。源氏にも、うちみじろくなどゝ云り。はたらく事也。
一、夕なが※めと詠《よめり》。
一、心の根と詠《よめり》。
一、みをづ※くしたけこすと詠《よめり》。水のまさる事歟。
一、夏すがたと詠《よめり》。
一、夕たつ波と詠《よめり》。
一、したるきちりの衣すゝぎてと読り。したるきとは、しほたれたる衣也。
一、いさゝかと詠《よめり》。
一、すかすとも詠《よめり》。すかされにけりと詠たるは夏きぬにそへてよめり。それも心は同《おなじ》事歟。
一、おちぶ※るゝ身と詠《よめり》。

一、心せたむると詠。心をせむる心歟。
一、もてなしと詠《よめり》。
一、袖にしたしき月影と詠《よめり》。
一、事なきさまと詠《よめり》。
一、なより逢《あふ》と詠り。
一、磯の子と詠《よめり》。
一、海人《あま》の子と詠《よめり》。
一、ふかくに落涙と詠《よめり》。不覚也。
一、とりなすと詠《よめり》。取成也。
一、風も夕《ゆふ》ゐせよかしと詠《よめり》。夕なぎの事歟。
一、ゆくすがら※心もすかず※と詠《よめり》。行すがらとは、道すがらと云同言也。すかずとは無数寄《すきなし》歟。
一、むつがたりとは　むつ物がたり也。
一、心をうづむと詠《よめり》。
　思《おも》ひわび今は我身のかつ《勝》方に有し契を人にかたらん　為〔家卿〕
一、むつけたりと詠《よめり》。
一、口まねびと詠《よめり》。
一、なきみわらひみと詠《よめり》。

一、あだ※ねと詠《よめり》。ひとりねの事歟。

一、雲のはづれと詠《よめり》。

一、しづ※〳〵と詠《よめり》。

一、あら〳〵と詠《よめり》。

一、いはれと詠《よめり》。

一、すこし詠《よめり》。

一、花吹《ふき》※ぐして峯こゆるあらしと詠《よめり》。

一、みかさおとすとは　水かさ落《おつる》也。

一、道のあてと詠《よめり》。道のとほり歟。

一、おとしめとは　下《さげ》しめたる也。

一、月をもてなすと詠《よめり》。めでたる心也。

一、はしたなきと詠《よめり》。

一、もてはなれたるとよめり。

一、よたけき恋と詠《よめり》。

いとお《（ほ）》しや更に心のおさなびて玉ぎれらるゝ恋もする哉　西行

玉ぎれとは　を《（お）》びえおどろく心也。つくし〔の〕人の言也。

人しれぬ涙にむせぶ夕暮は引かづきてぞ〔うちふされける〕　西行

物思ふ袖になげきのたけみえて忍《しのぶ》もしらぬ涙なりけり　同

一、心のたけと詠《よめり》。

一、世にこの《好》もしきすまゐ《（ひ）》成けりと詠《よめり》。

一、まうけと詠《よめり》。

一、目やすかりけりと詠《よめり》。

一、人したしまんと詠《よめり》。

一、いとを《（ほ）》しむと詠《よめり》。いとを《（ほ）》しがる心歟。

一、しめのみうち《御内》と詠《よめり》。しめの御内也。

一、心おご※りと詠《よめり》。

一、夏の日よりと詠《よめり》。日よりとは照日つゞき也。

一、衣うすれてとは　衣うすくなる心歟。うすらかなる也。

一、名をけがすと詠《よめり》。

わかざ※かり世はいづ方へ行《ゆき》にけんしらぬ翁《おきな》に身をばゆづりて　清輔

草も木も吹《ふけ》ば枯ぬる秋風にさきのみまさる物思《ものおもひ》の花　躬恒

一、よろぼ※ひ行と詠《よめり》。　慈鎮哥

一、蝉の初声と詠《よめり》。

一、水のあは心《ごころ》と詠《よめり》。

人を見るも我身をみるもこはいかに南無阿弥陀仏《なむあみだぶつ》〱　慈鎮
年ふればけが※しきみぞ《溝》に落※ぶれてぬれしを《(ほ)》どけぬいとを《(ほ)》しの身や　俊頼
けがしきとは　いやしきと云言也。此哥の心はけがれたると詠歟《よめるか》。いやしき溝とも理は叶《かなひ》て聞也。
山がつのつぐらに居たる我なれや心せばさをなげくと思へば　俊頼
つぐらとは　とくら歟。
一、万まきもくの梢の松と詠《よめり》。
一、万豊国《とよくに》の菊の浜松と詠《よめり》。豊国は豊前国也。きくは郡名也。
一、片山畑《はた》の松の風折《カザをれ》と詠《よめり》。
すまの浦やなぎ※さにたてるそなれ松はひ枝《え》を波のうたぬ日ぞなさ
俊頼哥也。そなれ松とは　生《おひ》かたぶきたる松也。
一、とこ松と詠《よめり》。常松歟。
難波江の岸にそなれてはふ松を音せであらふ月の白波　西行

一、草

一、耘　此字を草きると詠《よめり》。草とるともよむ也。
一、忘草　説々あり。一には萱草《くわんざう》也。住吉岸《すみよしのきし》の忘草、是也。一には軒端の草也。ひもに付《つく》と詠るは萱草也。鬼のしこ草と云も萱草也。世俗云、忍草は忘草也。順が和名説也。よもぎに似（た）るは忘れ草云々。金露草と云を忍草と云り。葉のうらに黄色なるつぶの有《ある》を金露と云々。忘草　一説あし也云々。業平云
忘草生《おふ》る野べとは見るらめどこは忍ぶ也《なり》後《のち》もたのまん　と詠《よめり》。忍と忘れは似る故に、如此よめりと云説有なり。若《もし》別の草（の）中に　此草に似る物ばし有歟《あるか》ともうたがはしき也。むかしよりの説々《せつせつの》上は不及申《まうすにおよばず》。

一、みそ萩とは　溝萩也。和名には　鼠尾草《みそはぎ》と云り。

一、山しとは　山に有《ある》しのはと云草也。古今の正説也。

一、思草とは　説々有《あり》。一には紫園云々。和名には　しお《(を)》にと云。一にはなでしこ云々。一には尾花と云々。但、尾花がもとの思草と云《いふ》はりんだう也。師説如此《かくのごとし》。りんだうをば和名にはりうたんと書也。声のよみの物を哥に詠には和書也。
ら　り　る　れ　ろ　の字を哥の上にを《(お)》きてよむに、皆声の文字をよむ也。
ろきく　ろたい　ろくろ　ろ舟ノ　六道　ろくやをん　ろなう論無也　らいかう　らに菊蘭与菊也
らに蘭也　らちの外　らうす物の綾也　りうのむま　りうげ《龍花》　りやうぜん霊山　りうたんの花　りちのし
らべ律調　るり瑠璃　るい　るてん流転　るらう流浪　れうし　れう　れい鈴也　たとへば如此よめり。
此外、何とも哥の心に随《したがひ》て漢字をもよむにや。

一、山橘とは　世俗にやぶ柑子と云也。かみそぎの時、山菅にそへたる草也。

一、しの丶は草とは　篠に非ず、冬枯する草也。

葉の篠に似ると云々。一説は、こまかなる草と云々。

一、事なし草とは　たしかなる説なし。但、水草の中になき菜と云を、事なし草と云一説もある也。軒に生《おふ》ることなし草ともよみたれば非水草歟。又、田などにこなきなど、云也。

一、蓮は花ば※ちすと詠《よめり》。立葉浮葉など詠《よめり》。はすのみとは　さか月《づき》の一名云々。たゞもよめり。はす色とは薄紅也。はすの帯と云事漢書にあり。蓮をおん物にするとは帯にする也。はちすの世とは、はすの中の世界也。

一、萍　白み也。ゑびす草　けちめい草也。

一、またふり草　あぢさい《（ゐ）》也。

一、かたしろ草

一、を《（お）》しねとは　遅稲也。

一、烏《からす》ねとは　黒稲也。

一、とみ草とは　稲也。富草《とみくさ》の花とも詠り。

一、たちまち草

一、皃《かほ》よ草とは　かきつばたの一名也。

一、菊は稲くきより生初たりと云り。本説也。菊〔を〕まさり草と云は、一の名也。

一、萱姫《かやのひめ》とは　わかき萱云々。日本〔紀〕には、草の生初の名也云々。ひめ萱とも詠《よめり》。

一、にこ草とは　箱根山　垣ねのねしろなど、詠《よめり》。葉のこまかに、花の白くこまかなる也。ねつこ草とも詠《よめり》。
一、ふかみ草とは　ぼたん也。廿日草と云《いへり》。
一、あまのをし草とは　日本〔紀〕に云、稲のそんじけるを《(お)》しなを《(ほ)》しけるより云云々。神代の事也。
一、みなしこ草　みなし子によそへよめり。
一、みる　海松と書《かけ》(り)。みるふさと詠り。女子のかみによそへよめり。深《ふか》みるより見るなど詠《よめり》。
一、草葉もろむきとは　あなたこなたにむきたる事也。
一、若草の妻とは　新妻をよそへよめり。妻と云事は、男をも女をも云也。夫妻の惣名也云々。伊勢物語の注にみえたり。
一、なのりそとは　海草也。世俗に、神馬草と云。如説は神の馬と書たれば、なのりそと云歟。
一、縄《なは》のりとは　海草に如縄《なはのごとく》長きのり也。
一、ぬなわ《(は)》は池沼等に有《あり》。是も如縄《なはのごとく》也。根ぬ縄、うきぬなわ《(は)》、同物也。
一、なぎのあつ物と詩に作《つくり》たるは、水草のつるの事也。葉のまるくて蓮の葉のちい《(ひ)》さき如く也。花の白くさく也。くきの長き也。
一、水かげ草とは説々有《あり》。一には　稲(の)事云々。一には　七月七日、露のためにいもの葉に水をかくるを云。一には　水陰草とて水草なりと云々。定家卿は、就万葉書水影草也云々。
一、やつか穂《ほ》とは　神代に八尺五寸有ける稲の事也。とみ草、民の草葉、にゐ《(ひ)》なみ、にゐ《(ひ)》なめとも云。初《はじめ》たる米を食《しよく》(する)心也。

言塵集 第四

木 草 竹 田 洲 塩 土 浪 氷 水 井 柵 橋 沙 石 溝 瀬 淵 岸 山少々
七夕 毎月名 朝 夕 夜 暁 年 四季名 国名 夷 道 屋 垣 柱 門 戸 殿 貝
綿 木綿 霜 斧 鉏 露 雪 霰 霧 雨 嵐 風 星 月 日 天 魚少々 神 人
内裏 色 影 火 裹 幣 鼓 笛 琴 棹 髪 櫛 箱 鏡 柄 弓 矢 殻 老懸 刀
冠 枕 床 夢 心 守

一、槙　まきの立根と詠《よめり》。さ衣の物語に、たつをだまきと云は真木の事也。古今の、をが玉の木も同事云々。是は秘説也。まきの杣山とは　非名所、杣山の名と云々。槙と真木とは可替云々。
一、松　海松源氏云　あら磯松　岩根松　そなれ松生かたぶきたる也　わた《和田》の笠松名所也　松笠とも詠《よめり》。
一、橘　あから橘　あつ橘　あべ《阿倍柑子也》橘　青橘　和字にあつとあべとをあやまる歟と云々。
一、柳　青柳と詠《よめり》。垣柳　さし柳　くち柳　霜枯柳万葉に詠り
青柳の糸よりかけてを《(お)》るはたをいづれのやどの鶯かきる　伊勢
柳松と成《なるといふ》 云本説有《あり》。
一、花　あだ花　とこ花　ひと花　かさ花とは風にさけるをも云。前をばなとも云。それは非花《はなにあらず》、石は

しるまゝに生《おひ》たる皃《かほ》花、と万葉に詠り。うす花　是はかざしの花云々。かざりの花也。うす桜はまことの花也。鞍馬のうす桜も鞍のかざりの花と云々。師説云、皃花《かほばな》　皃鳥《かほどり》とはたゞうつくしき花鳥也云々。

一、梅　百木梅　梅林曲の名にも有。

一、紅葉に匂紅葉とも云り。色の事云々。

一、木　野木　ほた木薪也　あさもよき薪也　くゝたちとは　木の生初《おひはじめ》を云。万葉云、木間《このま》くゝたちと詠は　木間《このま》をくゞり立事云々。八雲の御説也。たつ木、詞にたづきと云は便の事也。

万　薪《たきぎ》きる鎌倉山のこたる木のまつとながい※はゞ※恋つゝあらん

万　市《いち》のうへ《ゑ》木のこだるまでと読るも同事也。木の老さかへ《え》てしだり※たるを、こだると云也。師説如此《かくのごとし》。

一、椎　枝椎　落椎　椎葉

万　うば※そくが行《※おこな》ふ山の椎がもとあなそば※〱し友にしあらねば

一、蘰《かづら》　日影かづら※　まさきの葉かづら　さねかづら さなかづらも此事なり　はねかづら※とは　花かづら同事歟。あまかづら甘づら也　とみかづら　いはゐ《ひ》かづら　山かづら　又暁の名とも云なり。

一、忍草は金露草也。順が和名云、常なる草也。

我恋は今は色にや出《いで》なまし軒の忍ぶも紅葉しにけり

此証哥は紅葉せり。順が忘草と云は紅葉せぬ也。〔或〕説云、人を忘るゝは忍《しのぶ》ににたるゆへ《ゑ》に、忍草忘草まがふ歟と云々。私云、紅葉する忍《しのぶ》に似《に》（た）る草の軒端ならで岩などに生《おひ》たる草有《あり》。若《もし》是を両説に云替《いひかへ》たる歟。不得師説間《しせつをえざるあひだ》、不審也。

一、あし　みだれ葦　流《ながれ》芦　芦根　あし角《づの》春也　あしの針春也　あしづゝとは芦のよの中の薄様也。ひとへなる事うすき事にたとへ詠《よめり》。あしの花綿。

一、やちくさとは　八千種と書り非草也　草のいとは草也。詩に云り。田草　あせ草　にゐ《(ひ)》草春也初草同　古草
あら草　おほひ《(ゐ)》草　莉草　馬草《まぐさ》　御馬草《みまくさ》

一、稲　いなくぼ※とは　稲の種の名也。ゆ種まくとは只《ただ》種を蒔《まく》也。ゆだねまくあらきの小田と読り、名所也。葉白と云はを《(お)》くて也。苗をぬくと云事は、苗を早《はやく》おほさんとてぬきあげたる也。おろかなるたとへに云り。学《文》問人をば苗にたとへたり。つゝ苗とは　いまだみじかき時の事也。

一、松はみのゝお《(を)》山一本　なるお《(を)》の松一本　しがのはまなみ松名所也、かゞに有。松を玉ば※ゝきと云一説也。
かひ子の具云々。百枝松《ももえ》神祇
万玉ばゝき刈《かり》こかま丸《まろ》むろの木となつめが本《もと》をかきはかんため
松屋とは　舞の時あぐ※屋の事也。

一、橘《たちばな》の下吹《したふく》風のかぐ※はしき筑波《つくば》山と詠《よめり》。かぐはしきとは、かうばしきと云言也。

一、木　みなれ木　そなれ木　黒木家作有　かた木　ち木《ぎ》社に有　ふみ木七夕のはた物也　つみ木　やどり※木寄生と書り　春こなり冬になりぬとよめるは木の事也。

一、かまつかの花とは　鴈来花と書り。清少納言枕草子に云、春末秋初に花のさく云々。葉も花もえんどうに似《にた》り。

一、同草子云　柳のまゆはひろごり※たるはにくしと書り。

一、みなしこ草とは　白薇と書り。和名云。
一、犬たでとは　葒草也。又遊龍と書《かけり》。又馬蘭と書《かけり》。
一、かきつばた※とは　劇草と書《かけり》。
一、忍草とは　垣衣と書《かけり》。又韮とも書《かけり》。
一、くれ竹とは　笛竹と書《かけり》。
一、筒をば※竹と読り。竹の名云々。
一、むろの木は河柳と書。又檉《シヤウノ》と書《かけり》川ヤナキトモ。
一、しだり柳は小柳也。河柳は水柳と書り。連哥の時、河の字にきらふまじき也。
一、岡つゝじ※は　茵芋と書也。
一、はいま弓は　杜仲と書り。
一、ひさかき　柃と書《かけり》。
一、ひこばへ(え)とは　蘖と書一字也。
一、うつほ水とは　半天河と書也。
右是皆連哥の為に注之《これをしるす》。和名説如此《かくのごとし》。
一、源氏の宇治の巻に云、むつかしげ※なるさゝの隈《くま》をと書たるは名所には非ず、只竹やぶ※などの陰の事云々。
一、河原藤《かはらふぢ》とは　連哥などにはすべき歟。世俗に、駒つなぎ草の事也。

一、ゐびかづら※とは　紫蔦也。

一、あをかづらとは　防也。此一字也。連哥に青と云字にさしあふまじき也。

一、日本〔紀〕に、五のたなもみと書たるは五こ《ご》くの事也。

一、ぬなはとは　蓴《シユン》　此一字也。浮草也。三月より七八月までの草と云々。

一、さゝ栗とは　杬《ゲン》子と書り。

一、山柿とは　鹿柿と書り。山の字無し。

一、あをなとは　青稲也。白毛稲同物云々。

一、うるしねとは　粃米と書り。

一、瓜　青瓜　白瓜　まだら※瓜　ほそち　熟瓜　冬うり　かもうり　皃うり

是等皆和名説也。

一、田　坂田名所　穂田　忍田苅に云り　しゝ《鹿》田　神《カミ》田　初田　深山田　沼田　溝田　あし原田　を《（お）》そ田　浮田　うへ田　夜田刈也　水田　にゐ《（ひ）》※ばりとは青田也。田もとは田面也。みと代《シロ》とは神田也　みたやもりとは田主也。田をうへ《（ゑ）》はてたるをばさのぼると云也。田子とは田うへ《（ゑ）》女也。石田　湊田　御田　まめ田　あわ《（は）》田　あまのくひ田とは、そさのをの尊の御田の事云々。

一、土　あらかね也地名也　はにふ黄土也　はにとはま土也。はに土とも云。ひぢとは泥也。あそとは地也。ひた土とは物もしかぬ土也。みしぶとは水渋なり。

一、洲　白す　中す　河す　浜す　浮す　流《ながれ》す　長す　奥《おき》す

一、塩　出しほ月に云　ひしほ　入《いり》しほ　おきつしほ　もちしほ十五日　かたしほ　高《たか》しほ　うしほ　しほさい塩先也
塩がれとは満干もなき塩也。塩煙とは焼《けぶり歟》には非ず。塩の立来《たちき》、いきの焼《煙歟》に似たる也。焼塩煙、塩のなごり残也。又なごろ也しほのうねる也　塩かひとは塩干云々。塩貝と云一説有、非師説也。しほも叶ひぬとは、しほ時のよく成たる事也。

一、浪　明石のと波　おき浪奥津同事也　青波天川に云リ　浜浪　しき浪　あだ浪　八重浪　あと《万》へ浪　あとい波とは跡の浪也。いほへ波は五百重浪也。千重波　かた行波は片行也。いさゝ波只さ浪也　う浪　みな底の奥津白浪　雲の浪　煙の浪は波の雲煙に似る也。黄波　山下たぎついさ浪と詠《よめり》六帖　なごろとは風の後尚《なほ》浪　計《ばかり》高く立《たつ》をいふ也。高きをば男波《をなみ》と云々。ひきゝをば女浪《めなみ》と云々。池波　瀬浪　さゝら波

一、氷　うすらひ　たるひ　うは氷　冬氷　霜氷霜の氷たる也　むま氷《万》　氷のくさび※とは氷とぢたるを云也。氷の山とは人のおごりたるたとへの本文也。氷の使とは、ひの御物の使也。ひづかさ　是等はひのお物に云り。けづりひとは、ひのお物をけづりたる也。

一、水　春の水とは春出たる水也。若水元日水也　さゞれ水とは　さゞれの上に流《なが》〔るる〕水の事也。いと水は軒水也。まし水とは真清水なり。心の水は一説涙也、一説は心を水にたとへたり。恋水は涙也。にごり水　むもれ水　あま水天水也　庭たづみとは雨〔の〕たまりたる水也。わすれ水とは少有《すこしある》水也。岩ふれ水とは石にさわる水也。にげ水とは東国に有、汲とすればにぐる也。よるべの水神水云々　雪消の水は雪しる也。たらゐ（ひ）の水星合に云り

一、井　せが※井名所也　板井名所也　さらし井名所　はしり井名所　寺井　あか井閼伽　三井名所　田井　たな

井たねひたす井也　深井　石井　岩井　山井吉野歟　桜井名所　いさら井　筒井　亀井名所　ふる井　ゐのは井とよら《豊楽と書》の寺にあり　玉の井名所　とこ《常》井　つぶら※井とはつぶれたる井の事也。みさび井　三草井　あすか井名所　井筒　井※げた　井ゐとは堤の水口也。つゝ井

一、柵　ゐで※のしが※らみ　水のしがらみ　浪のしがらみ　心〔の〕しがらみとは心にかけたる事也。雲のしがらみ　風のしがらみ

山川に風のかけたるしがらみはながれもやらぬ木葉成けり

一、橋　棚橋　一橋　丸橋同丸木橋　竹橋　舟橋　桧橋イチイツに詠り　ひろ柴橋　小橋　継橋　垣橋　小絶《をだえ》橋名所　長橋瀬田　縄橋　と綱橋名所　玉橋　打橋此二は七夕に詠り　長橋内裏にあり　此外《このほか》名所橋多之。

一、沙　みさご水沙也　いさご　白すなご　さゞ※れ　さゞ※れしとはさゞれ石也。まさご　なるさ音沙と書　一説富士山に云

五月雨は高根も雲の中にしてなるさぞふじのしるし成ける　　俊成

此哥はなるさはの事云々沢のわ文字を被略云々。

一、石　玉柏とは石の名也　岩と柏同　あまの石とは海石也　しら石名所　奥《おき》の白石云々　はなれ石庭の立石に有り　玉石　立石庭に有　石《イハ》枕　とめことは水と石との事也。滝のとこ岩は吉野也　つぶれ石とはつぶて石也。しづく石とは水にかくれあらはれてみゆる石の事也。くりとはちいさき石の名也。石《いは》たゝみ石なとり

一、溝　まけみぞとは　用水などのために構《かまへ》たるみぞ也。まうけみぞ也。みぞ川

一、瀬　のぼりせ　くだりせ　平せとは広《ヒロ》瀬と云々　かみつ瀬　しもつせ　ひとつ瀬　後瀬鵜川にも詠《よめり》　跡の瀬の事歟　しほせ　せ枕　瀬浪　瀬絶　百瀬　八十瀬　瀬切とはよこさまに一文字にわたるを云也　たぎ※つ瀬滝に非ず　たぎる瀬也　瀬ほしとは魚とる時水をほす也。

一、淵　岩淵　片淵　青淵万葉云　青色淵名所　かしこ淵名所　な入その淵名所　此外名所多之。

一、岸　あまそぎとは　高岸也　片山岸　此外名所多之。

一、江　みさび※江　にごり江　こもり江　古江　遠津江遠江也　江川　此外名所多之。

一、湖　ころ嶋とは湖の名所也。にほてる同　しなてる　しほやかぬ海　しほならぬ海

一、河　はやたつとは河の名也。玉水同名所別に有　かうちとは河内也。たきつかうちとも云。朝河　夕河只も夕河わたりなどゝ詠。夜河　ひる河是等皆鵜川也　夏河　みそ河　河戸　河淀　河づ※ら　河そひ　河にもおきをば読り。

万
さゞれ浪よきてながるゝ初瀬川よるべき磯のなきがわびしさ

一、海　わたづ※海　わたづ※み　うな原　わだ※の原　わたの底　青うな原　しほてる　を(お)してる　青うみわたづ※みとは海龍王の名也共云り。朝なぎ　夕なぎなどをば海辺に云云々。私云、文道の人の云、あさなぎは春也。夕なぎは夏也云々。長なぎと云は春云々。

一、原　柳原　檜原ひの原とも云べき歟　竹原　草の原　茅原　つ花原春也　ふし原ふし柴也　かし原焼原焼野同事　いつしば原一ゐ柴也　しめしの原名所　しめぢの原同所云々　針《ハリ》原とは萩原云々。

一、野　陰野　くだら野とは冬野也。深《フカ》野　浅茅野　たて野とは我野也。はやしたる野也。しめし野とは夏野の名云々。ふせ屋とは　野也と一説也。あら野ら

一、〔林〕そまが※たとは林のしげきを云。そまかたのはやし初など、詠り。
羽の林　中少将の唐名也。梅林
一、坂　あづ※まの坂坂東也　小坂　帰坂稲荷也
一、谷　いわなだ※とは谷也。谷ふところ
一、峯　あまそぎ※とは峯の名也。やたけ　たけ嶽　たかね共に峯也
一、山　夜山狩云　山まつり狩にも杣木にも　夕山只も云名所にも　根山名所　野山とは木の無《なき》山也。しげ山名所にも只も云
かたみ山とは一方は深山、一方は野山也。しば山うしろの山と云々富士にも云り。柴の葉山　山のとかげとは
常陰也、いつもかはらぬ也。ふみみる山とは、ふみなれたる山也。山かたつくとは片就也。
夕間暮《ゆふまぐれ》山片就《かたつき》て立鳥《たつとり》の羽音に鷹をあはせつるかな
暮《くれ》ふかくなりて山の形尽《つき》たるを云也と一説有《あり》。此哥は此儀に叶たれども八雲の御抄以下皆山片就也。
かた〳〵暮たる心云々。
むれとは山の惣名と云々。日本〔紀〕に云り。鎮西には峯をむれと云也。
一、七夕
万長
あめつちのはじめし時に　天川《あまのかは》居《い》向住《むかひすみ》て　一年《ひととせ》に二《ふた》たびあはぬ妻恋《つまごひ》に物思《ものおもふ》　と読り。万葉には、
あめつちをあつしとも云《いへり》。
玉橋　棚橋　打橋　さほ舟　岩舟皆天川に詠り　二の岸　朝なぎ　夕しほ　鶴　ぬゑ鳥《(え)どり》
かさゝぎ※などとも詠り。頓阿法師云、七夕鳥と云題にて、かさゝぎの外不可詠《ほかよむべからず》と申き。比興《ひきよう》の事也。

万
久方のあめのをしてとみなし河《かは》へだてゝを《(お)》きし神代《かみよ》の恨《うらみ》
天河《あまのかは》は只《ただ》の時は水なき也、仍《よつて》みなし川と云々。天川やすの河原は、伊勢太神宮のかくれゐ給し所云々。
万
七夕《たなばた》の袖《そで》つぐよひの暁《あかつき》は河瀬の霧もたゝざらんかも
袖つぐとは両説也。一には袖続也。一には袖付也。所詮、川のあさき心也。ともし妻とは織女名也。
七夕の年の恋と読り。とし毎の恋の心歟。

一、毎月名

正月むつきとは　むつび月云々　　二月きさらぎ　衣更着月云々
三月やよひ　弥生月云々　　四月は卯月卯花月云々
五月　さ月　早苗月云々　　六月　みな月　みそぎ月云々
七月　ふ月とは　文月云々　　八月　初来　雁初来月云々
九月　長月とは　夜長月云々　　十月　神無月　葉皆月云々
十一月　霜月　霜ふる月云々　　十二月　師馳月云々
和哥初学抄説　如此之《かくのごとし》。

一、朝　あさな　朝気　朝もよひとは朝食する薪也。あさもよひきと詠つゞくべし。朝もよひき人ともし《乏》も　などゝよみつゞくる也。万葉には朝もよきとも書り。朝ね　朝おき　朝とこ　朝ゐ《(い)》　朝びらきとは朝開也。つととは、旦と書てつとゝよめり。つとめてと云同事歟。あさまだきとは、早旦也。朝ひことは　朝日也。

一、夕　ゆふけとは朝気同義也。夕まとひとは早《はやく》ねたる也。雲のはだて※　とよはた雲　是等も夕の事也。とよはた雲とは　あかくこまかなる雲也。此雲たつには、其夜、次の日など月明に日照相也云々。雲のはたて《幡手》も色付る雲の細長に引也。

うらひことは夕の名也。たそかれ時　夕也。墨染　夕の名也。夕星とはゆふつゞの事也。むばたまの夕とも云。夕つけてとは夕つけ方也。夕居　万葉にはねての夕と詠《よめり》。

一、夜　むば玉　ぬば玉　ぬば是等皆夜事也　夜比　夜たゞ只夜の事也　いを（ほ）夜とは五百夜也。した夜とは夜のうち夜間也。夜声　万葉には　した夜の恋と詠、夜間の恋也。夜くだ※ちとは良夜の深る也。夜目夜とこ　夜殿とは　ね所也。夜立とは旅に有。夜待とは狩に有。夜《よ》ばい（ひ）

我がせこに夜ばひに行《ゆき》て太刀《たち》の緒《を》もいまだとけねば明《あけ》ぞしにける

一、暁　しのゝめ　月残　ねざめ　鳥鳴　在明《ありあけ》　山かづらはなるゝ　かはたれ時是等皆暁の事也　鐘聞　あかときとは暁也。

万　暁と夜《よ》烏《がらす》なけど此山《このやま》の上《うへ》の梢《こずゑ》はいまだしづけし※　し※づけしとは　しづかなりと云也。

玉くしげとは　暁の名也。一説いなひめ　いなのめ　いなのめの明行と詠《よめり》。あか星は明星也。是皆暁也。

一、年　いや年《とし》のはとは弥年也　は文字はやすめ字也。年《とし》きはるとは年極也。いや年さかるとは弥年のさかる也。重也。

年の緒　年のをつなぐ心歟。あらたまの年とは改年也。

玉まつる年の終《をはり》に成にけり春にや又もあはんとすらん
老ぬれば又もあはんと行年《ゆくとし》に涙の玉を手向つるかな
一、春の名　霞しく　あさみどり
一、夏の名　かはそびく※　かげろふ　かげろふとは虫にも草にも云り。かげろふのもゆる春日と詠り。
一、冬の名　み冬　こる露
み冬つぎ春しきぬれやと詠《よめる》は、冬続春来と詠也。冬の尽には非ず。
一、松の葉をすくと源氏に書たるは、行者などの仙薬に松の葉を食する事也。
万長哥
空にみつやまとの国は　を《(お)》しなべて我こそをらめ　つげなめて我こそをらし　我こそはせなにはつげめ　家をも名をも　是は雄略天皇の御哥云々地クニ
空にみつ大和国とは　昔、天皇あまの石舟に乗給て、あし原の国を見回給《みめぐり》し空を飛かけり給し事を、空にみつ大和と云云々。万葉注の一説也。
一、弥陀《みだ》のみ国とは　極楽也。涼しき道とも云り。
一、よみつの国とは　黄泉也。ならく地獄也。九《ここのつ》の世とは冥途也。
みつせ河　わたり河　しほひの山　しでの山など、云り。
一、過《すぎ》にし人とは　卒人と書也。只《ただ》過にしとばかり云も同事也。源氏にも過にしとばかり云り。
一、くるしき海とは　世界の事也。
一、胡国とは　常国を云云々。

一、高麗国は　こまと云也。
一、新羅　しらぎと云也。
一、百済をば　くだらと云也。
一、唐をば　もろこしと云也。からくにとも。
一、人の国とは　他国と書也。唐をも云へり。
一、あし《日本》原のみけつ国とは　物をたてまつる国也。貢調国也。をし国とも云り。
一、八嶋《やしま》国　安《やす》国此二は日本也。
一、家国とは　生国也。
一、ひの国とは　肥前也。肥後也。
一、そともの国とは　隣国也。
一、夷とは　ひな也。田舎也。いなしき《稲敷》とも云り。いなこきとも云《いへり》。
一、さゝがにのひなの国と詠《よめり》。
一、あまざかるひなの長路《ながぢ》と詠事《よむこと》　遠きゐ中は空にさかひてみゆるゆへ（ゑ）　天にさかる田舎と詠り。
一、道　雲井路　市路　影ふむ路橘の陰ふむ道と詠り　ゐでの中路《なかみち》名所　ふるの中路　大野路万葉　さほ路名所　とよはつせ路名所　龍田路名所　紅の路万葉　紀伊路　伊賀路　大和路是等は皆国の名也　やまとぢとは　つくしにもよめり、それは山戸路也。みこし路越前越中越後を云也　播磨路　若狭路　丹《タニ》波《ハ》路　甲斐路　丹波をば　たにはとよむべし。きの路《ミチ》とは番匠の道也。

一、屋《や》　あづま屋《や》　さゝやしの屋同事也　松屋とは楽屋也。ませ屋　柴屋　磯屋　旅屋　ふせ屋小家也　妻屋　田屋　木《き》屋　平屋　と屋鳥屋也　うたゝ屋　火たき屋野宮にも云り衛士など居　にゐ《(ひ)》屋　片《カタ》屋　つか屋

塚　虫屋虫の籠とも云　すゞのしの屋　野屋　かひ屋飼屋也　染《万》やかた　あかしのこや　とまや　そめ屋形とは物染る家歟。つま屋とは妻向の家也。あづまやとは棟を両方よりさし合たる家也。あを《(ふ)》りかけとて二方にさしあはせたる物云々。

一、垣　とかき鳥　関のあらかき河口に有　本あらのかき　お《(を)》垣　八重のくみ垣　よもぎ垣　菊垣　竹垣　ひめ《檜目》垣ひがきの事也　ひぼろき一説に云神垣也。ひぼろきは説々有、いづれも神具によめる歟。あら垣は伊勢社に云り。縄垣　くゐ《(へ)》垣とはくゐ《(ひ)》を立たる也。しがきとは鹿垣也。

一、柱《はしら》　御柱天に云り　二柱とは二神と云　丸《まろ》柱　丸木《まろき》柱　亀の柱とはかざりたる柱云々。うつほ柱水落也　ちまき柱とは丸柱也。国の柱とは国王の御事也。霜柱は霜の氷たる也。竹の柱　松の柱　黒木の柱とは木の皮付丸柱也。まき柱よき柱也　あめの御柱とは、いざなきの二神のめぐり給し柱の事云々。か柱とは蚊の多く立上る也。

一、門《かど》　こ《万》かねの門《と》　と《常》こつ御門《みかど》君の御事　み《水》づの門《と》　竹の門《と》　うき世の門　老せぬ門不老門也　山の門　山の御門とは法皇を申、源氏に朱雀院を申き。里門《さとのかど》とは道中に立たるほうかい門の事歟。

一、戸《と》　民の戸民家也　草の戸　片戸　妻戸　ねりの村戸《むらと》とは妻戸の所々にあまたあるを云也。人の知らぬ事也。萩の戸　黒戸《くろと》此二は内裏に有　戸はりとは張也。

一、殿《との》　夜殿《よどの》ね所也　舞殿　たか殿は楼閣也。

高き屋にのぼりてみれば煙たつ民のかま戸《ど》はにぎわ《(は)》ひにけり

此御哥も高楼に登《のぼり》ての御製云々。つり殿池にあり　鬼殿名所　木丸殿《きのまろどの》名所　玉殿無人《なきひと》を《(を)》おさめたる所也

此殿《このとの》催馬楽の哥の名也

一、貝　雀貝　烏貝　簾貝　錦貝やくがいの事也　白貝　桜貝　梅花貝《むめのはな》　ほら貝　うつせ貝　貝合の哥に俊頼朝臣　西行上人など多く詠哥、可書加之《かきくはふべし》。

一、錦　こま錦高麗にしき也　小車《をぐるま》の錦は錦の文也。

くらき錦とは　やみの夜のにしきと云たとへ也。山陰のにしき同事歟。

一、木綿とはゆふの事也。まそ《真緒》ゆふとはよき緒《を》にてしたるゆふ也。まをともまそとも云歟。皆緒の事也。きその麻衣と云も吉《よき》緒布也。

一、いわいお《(はひを)》の　いわゐ《(は)(ひ)》すきとは神殿造の具也。祝斧也。祝鉏也。

一、霜　はだれ霜斑ニフル也　夕《ゆふ》ごりとは霜の氷たる也。を《(お)》くれ霜をそ《(お)》くふりたる也　とけ霜霜どけ同事也

霜鐘霜夜にひゞくと云々　霜ぐもりとは大霜の朝くもると云々。霜くづれとは霜柱の折也。霜折《しもをれ》とも云。

高霜とは大霜也。春霜万葉云　秋霜は剣の名也。

一、露　葉のぼる露とは草木共に地より葉にのぼる也。露はふらぬ物也云々。露は夕に結《むすび》て朝に消《きゆる》と云々。

しげ玉とは露の名也。露霜のを《(お)》きてつめば※とは後撰に詠《よめり》。

一、雪　かたびら雪　大雪　け《消》残りの雪　しづりとは木の雪の落る也。雪光雪の光也

万五百重《イヲヘ》降雪深雪也　万雪のくだけと詠《よめり》。

ゆふ山雪とは豊後国ゆふ山に詠《よめり》。名所也。

万

我やどのすもゝの花か庭にちるはだれのいまだ残りたるかも　これ〔は〕雪をはだれと云り。

一、霰《あられ》　みぞれと詠《よめり》。みぞれとは雪霰雨交《まじり》たるを云也。玉きるあられと詠《よめり》。丸雪と書て霰とよめり。

一、霧　夜霧　山霧　あま霧　村霧　ほのゆけりとは霧の名也。霧は朝立て夕に消《きゆる》云々。

あまのさ霧日本〔紀〕〔い〕さらなみ　霧の名也　春山の霧にまどへる鶯と云り。

一、七夕追加　七夕つめとは空織妻《タナバタツメ》と書り。天と云字をたなと注せり。たなぐもり　たな霧あひなど、よめるも皆天をたなとよめり。とのぐもりと云も、たなぐもり同事云。五音云々。万葉ノ注也。

万

織女《たなばた》のふみ木もてきてあまの川打橋渡《うちはしわた》す君がこんため

万

あめにある一《ひとつ》たな橋いかでゆかむわか草の妻ありといふ足をうつくし　これはせんとう哥也。

一、あをによしならとは、昔青丹氏がいくさに勝たりしより如此《かくのごとく》云つゞけたりと定家〔卿〕説也。青丹は人の姓也。

一、長万

帛《ミテグラ》をならより出《いで》て　水《みづ》たでの　ほづみ〔に〕いたり　と《鳥》あみ《網》はる　坂とを過《すぎ》て　石《いは》ばしる　みなかみ山に　あさ宮に　つかへまつりて　吉野へと　入《いり》ますみれば略之　入《いり》ますとは入おはします也。

あづまの※ゝ煙《けぶり》のたてる所みて帰《かへり》みすれば月かたぶきぬ　人丸

あづま※野は吉野にあき野と云野也。安騎野と書り。

一、雨　こし雨とは北雨也。なが※めとは長雨也。春也。すまのながあめは夏なるべしと云り。ながめの末など、云は見やりたる事也ひぢ笠雨とは俄雨也。よこ雨《さめ》源氏に野分にあり　卯〔花〕※ぐたしとは四月雨也。夕雨　初雨春也　よこ時雨　あまはれ　あま間　あまそゝぎとは雨のとばしり也。あましたゝりあまぐもり　あまやどり　笠やどり　同事也。あま堤是は装束也　あまはれをば、あまはりとも云也。

一、嵐　夜嵐　朝嵐　夕嵐　山嵐　野嵐　河嵐　舟言に嵐と云は磯に吹《ふく》を云り。奥《オキ》には不吹也《ふかざるなり》。哥合に海の嵐をば難ぜり。但《ただし》

万 大海《おほうみ》に嵐な吹《ふき》そしなが鳥い《(ゐ)》なの、海に舟とむるまで

俊成卿云　吹《ふく》からに秋の草木のしほ《(を)》るればむべ山かぜを嵐といふらん　此哥を為支証《ししょうとなす》。海の嵐をきらはれたりと云々。八雲には、此証哥道理と云々。

一、風　神風、説々有也。一説には伊勢に限《かぎる》べしと云々。一には神のめぐみを神風と云々。一には伊勢上瀬　中瀬　下瀬有　仍《よりて》上瀬也云々。此説は不可然《しかるべからずと》云々。夜風　浪風とは波の立来《たちくる》時、浪の気に風の吹也。浪と風とには非ず。嶋風　谷風　横《ヨコ》風　南風南吹とも云り　雨《アマ》風とは雨気になる風也。北風南風には雪消《きゆ》と云り。しなとの風とは　なが※祓の言也。ありそ風　うしほ風うしほの立《たつ》につれて吹《ふく》也　湊風　冬風　朝こち東風　あなし吹とは、いぬゐ風也。ひかた吹《ふく》とは、ひつじさるの風也。はやちとは海神のふかする風也。あゆの風とは東風の北によれる風を云也。いかほ風名所歟　木枯は秋冬風也。山ごし風の名也　〔浦〕ごし風名也あはれなる風也。すごく吹歟。野分とは九月十月間也。源氏には、いりもみにと云り。大風也。ま風とは間をゝ《(お)》きて吹〳〵《ふきふき》する也。すき間風　板間風　しのゝをふ吹《ぶき》　嶋なびくとは風の名也。あら嶋風日本〔紀〕云り　河おろし河風也　初瀬風　あすか風　さほ風　是等は名所也浪下　山下　北ごち　心あひの風とは若《もし》あひの風を心にあふと云つゞけたる歟可尋云々。かざまつり

とは風吹なとまつる也。風の祝《はふり》

しなのなる木曾路の桜咲にけり風の祝《はふり》にすき間あらすな

此社を祭（る）時は此〔社〕をあらごもなどにて風のあたらぬやうにつゝみこむる故に、すき間あらすなと云り。

一、風下《カザ》　かざ面《おもて》　かざ影　かざがくれ　世俗言に西返し。あまはらしなどゝも云也。是等は皆風の事也。

一、星　星林《ほしのはやし》　星のやどり　あまつ星　あか星明星也　夕つゞ　七《ななつ》の星　年星《としの》当年の星也　夜ばい（ひ）星流星也　走星也　北の星　星月夜

一、月　あまてる　月人姮娥《ツキヒト》　月人男《つきひとをとこ》　桂男　さゝらへ（え）男《いとも》　月よみ男　桂花　橘の玉ぬく月　弓張《ゆみはり》月

立待月　居待《ゐまち》月　ね待月　臥待《ふしまち》月　いりぎはの月源氏にあり　月の白《かほ》　かたはれ（わ）月半月也　望《モチ》月十五夜也

十六日をも　いさよひの月十六日月也　不知夜歴と書り　三日月　いさよふとは　光ばかりほのめきて出《いで》やらぬ月也。

千載 はかなくもわがよのふけを知《しら》ずしていさよふ月を待出《まちいで》つる哉《かな》　仲正

万 夜がくれに出くる月　とよめり。

空行月を網《あみ》にさし　とよめり。

もちくだる月とは　廿日あまる月の事也。

しまぼしとは月の名也。廿日より後は皆在明月也。月人の桂と詠り。月の都とは月宮也京も云り。

月よゝみとは月のよきと云也。月よめばとは月をかぞふる也。

三日月をば初月とも、若月とも、万葉には書り。万葉書をば心うるまでなるべし。細々に書（く）まじき事也。当時連哥には　若月・大山など、のみ書事不可然歟《かくことしかるべからざるか》。暁露をも万葉には鶏鳴露と書（き）たれども、たゞ暁露とのみこそ書侍れ。

一、日　朝ひことは日也。いな影とは日也。うち日さすとは、内裏院宮などの高く広き所には内に日影のさし入《いる》を云云々。日の烏《からす》とは日の名也。夕づくよは月也。夕づくひは日也。朝づくひむかふつげ櫛とよめるは、朝の月と日との事也。朝日と朝の月とむかふと詠り。つげ櫛とよみたるも、ひたい(ひ)のさしぐしはむかひたる故に云也。是は師説也。たしかなる口伝《くでん》也。

一、天　鳥道《とりのみち》と云也。空の海　なかとみ俊頼説也　空の名也　あまの岩くら空名也　あめ天也

一、魚　いさなとは小魚也。いさなとるあふみの海と詠り。せば物とは是も小魚を云。さい同小魚也

いさご小魚也　石ぶし魚也　田傍小魚

山里のたのきのさい(ゐ)もくふ《むイ》べきにを(お)しねもるとてけふも暮しつ

一、鮒《ふな》　かた田鮒名所　藻臥束鮒《モフシツカフナ》とは、もにふしたる一束ばかりの鮒也。

新六帖

いにしへはいともかしこしかた田鮒つゝみやきなる中の玉章《たまづき》

天武天皇の御時　鮒のつゝみ焼と云物にまぎらはして小文を入られたる事云々。大伴王子の時也。

一、鯔《クチ》ナヨシ　世俗に名吉と云魚也。伊勢鯉とも云。しくち　まくちなども云也。日本〔紀〕云、あめわかみこのつり針のみたりし魚と云々。

一、鰹《かつを》　かつをつり　鯛《たひ》つりかねてと万葉に詠り。

一、くぢらとるあふみの海とよめり。近江湖には非ず。青海也。鯨　一説云。いさなとる近江の湖とよめるを、くぢらと云文字といさなと云文字の似たるをよみあやまりて、くぢらとるあふみの海としるしたる歟云々。

一、鰐《わに》八《や》《(ひ)》いろのわにとは　豊玉姫の成《なり》給し也と日本〔紀〕に云り。

一、神　神のみかさとは神の御さかへ也。神のみおも《御面》御前也。国津神とは地祇也。むすぶの神とは、うぶ神也。神わかれとは神分也。神のあつまる数を云歟。秋つ神とは君によそへて詠る歟。うけもちの神やかつ神此二は家の内の神也　宅神也　おほなんぢとは山を造《つくり》し神也。

万 おほなんぢ※すくなひこなのつくれりしいもせの山はみれどあかぬかも

日本〔紀〕云、此御神は、そさのお《(を)》の御尊《みこと》の御子と云々。すくなみ神とも云也。

あまのこやねとは　春日明神御事也。あまつこやね共申。ち万《よろづ》神とは、諸神也。やを《(ほ)》万神も同前也。

あき神とは明神也。あらみかげとは人の中をたがふる悪神なり。玉姫とは宇治有《うぢにある》神云々。嶋姫とは嶋守神云々。玉よりひめ豊玉ひめ此二は龍女也　兄弟と云々　たか姫とは、みめのわろきを恥《はぢ》給て車より身をなげ給と云々。

山ひこ　あまひこ　玉ひこ是三は同事也　いすゞひめは事しろぬしの神女云々。

たよりひめ　日本〔紀〕云　たきつ姫此二は天照太神の御いきをつき給し時　神と成けると云々。

水わ《(は)》の姫は水神也。はに山姫は土神也。なきさわ《(は)》姫は、いざなきの御尊《みこと》の泣給し御涙の神と成し也。

おきつ嶋姫は、そさのお《(を)》の御尊の御子也。

一、あかる玉とは明《あか》る玉を奉りし神の名也。うけひ玉とは、いざなきの御尊の飢干《うゑて》神と成し名也。
ながぢ《長道》はの神は同御尊の御帯の神と成給し也。わづらひの神は同御尊の御衣の神と成しなり。

井光《ゐひか》の神とは井の中に光《ひかる》神也。吉野に有と云々。くなとの神とは、あし原中国《なかつくに》の使の神也。たちぬい《(ひ)》の神とは、衣をたちてぬい《(ひ)》し神也。しなどの神とは、風神の名也。

うずめ《女》とは、天照大神ににえ《(へ)》たてまつりし神也。是等は皆々日本〔紀〕の説也。

一、人　いなお《(を)》さめ人とは土民也。御《おほむ》たから百姓と書り　ぬす人白波　みどりの林　是二はぬす人の名也　かなたくみ　鍛冶也。ひだゝくみとは番匠也。河をさ　舟わたし也。船をさ同事　舟主とも云　門のをさ　駅のをさ　山守　野守　野人とは、ことの外いやしき人也。やど守　御《み》こと守とは国司也。すもり留守也
法皇は聖の御門と申。又法のすめらぎとも申。源氏には宇治の宮を聖の宮と云り。公卿をば、を《(お)》どろの道と云也。三位をば松の位と云也。
朱雀院をば　山の御門と申。
親王をば　あまつ枝《えだ》　枝の花　此《この》花　竹園雁《かり》の池　是等皆親王の御名也。
国母は　国のはゝき木《ぎ》と書り。
后をば　しりえ《(へ)》の宮と申。
院をばむなしき舟。朝廷は　わか草《くさ》などゝ申。
帝王をば　やすみしる　すべらき　大君
くゞつとは　遊女を云。又物入る籠をもくゞつと云。顕昭が説也。

一、内裏《だいり》　雪井　大宮　蓬《よもぎ》の洞《ほら》　大内山　玉しく庭　紫庭《むらさきのには》　みかは水　是等皆内裏（の）事也

一、色　ゆるし色は聴色《ユルシイロ》　紅と紫とを云り。今様色　あら染色　うつし色紅也　はす色薄紅梅色也

一、影《かげ》　人影　草影はゞかるべし　み《水》影　御《君に云り》影　花影　屋《や》影　卯花影　嶋影　岩影　と《常》影　ほ影火　舟影
鳥影　弓影

一、火　打火《うちび》　油火　庭火　すく《稭》も火すくもたくとも云り　もくづ火　切火　いけ火　はしり火　むねはしり火に心やけせり《を歟》とよめり。野火　埋火《うづみ》　たき火　おき火　飛火《とぶひ》

一、裏《つと》　道行《みちゆき》づと　山づと　浜づと　家裏《いへづと》　都の裏　草づと　嶋づと　ゐ中づと　後の世のつと

一、幣《みてぐら》　ゆふぎ※ぬ　あらたへ　白《しら》にきで※　青《あを》にきで　ゆふだ※ゝみとは、たゝみたるゆふ也。榊《さかき》が枝にしらが付《※つけ》と詠り。ゆふの事也。

一、棹《さを》　椎《しひ》棹とは椎の木にて作也。手棹舟のきしろふ時、両方より棹にてさしはる也。みなれ棹とは、水なれ棹歟。舟に云也。みそかけとは御衣かくる棹也。つり棹　しるしの棹は雪水などのふかき所に立《たつ》る也。

一、つゞみ※　いもい《(ひ)》がつゞみ※とは行《おこなひ》などの時のつゞみ也。いさめのつゞみとは　政《まつりごとにいへり》　云。石つゞみ　時寺《守歟》がうちなすつゞみとは、時のつゞみ也。うちなすとは打ならすと云言也。門のつゞみ

一、笛　かは笛とは　一説云、うその事云々。定家卿は笙歟と云々。千種声《ちぐさの》　落梅《おつるうめ》は曲の名云々。を角《ツノ》の笛とは　いくさ笛歟。こま笛　ふと笛　源氏に　秋にかはらぬ虫の声と云り。みどりの竹　おもぶ※え

一、琴　あづま琴和琴の名なり　煙《けぶり》のきり　下《した》ひ　雪のしらべ　かづらのを　蟬声　よもぎ※※が中の虫のね是等皆琴に云り

一、鬘《かづら》　ゆふかづら※　柳かづら※　葵《あふひ》かづら　日陰のかづら　まさかづら　まさきかづら　まさの葉かづら　くずかづら　もろかづらとは葵也。紫の色のかづら　つたかづら　いづれもつるの有かづら也。夕がほもあをやかなるかづらと云り。源氏に　玉かづらも夕がほによれる名也。

一、櫛《くし》　真櫛《マクシ》　つまぐし　筑紫櫛《つくし》　つげ※くし　小《を》ぐし　さしぐし　かつまとは櫛也。別《わかれ》の櫛は斎宮に云り。けづりぐしとは　君の御くし　御びんなどの役を云《いへり》。

一、箱　荷《に》さきの箱旅に云　石箱　文の箱　みだれ箱　唐くしげも箱也。玉手箱　かうごの箱

一、鏡　やたかゞみ　七こ《ナ、ツコ》の鏡　ひもかゞみ氷也　日形《カタ》の鏡　水鏡　真澄《ますみの》鏡　まと鏡　朝かゞみ

一、いつのたか柄とは大神宮の御具足に有云々。

一、いわ《(は)》つなの又もさかへ《(え)》つあふ《(を)》によしならの都を又もみんかも　いわ《(は)》つなとは石綱也。地形の事也。

一、弓　たづか弓とは　女の弓に成たる也。紀の関守に詠り。そり〔ま〕弓　ねやの弓　あまのは弓あまのこの弓とも云同事　あまのはわ《(は)》矢にそへ詠り。くはの弓よもぎの矢をそふ　あだちの真弓絃《つる》すげてとよめり　烏さけぶ弓とは、昔黄帝の天にのぼり給し時おとしける弓の名云々。弓末《ゆずゑ》　弓《ゆ》はず　ゆたけとは七尺五寸　ゆたけの衣と云も七尺五寸也。ゆ絃《づる》　弓を袋にする

とは無為《むゐ》の世也。

一、矢　なる矢とは　かぶら矢也。流矢とは　あめわかみこのあたりし矢也。あまのはわ《（は）》矢とは雉射し矢也。蓬《よもぎ》の矢　あみの矢とは矢のさきに網を付て鳥を射也。彀此一字を矢づかと読　矢数　矢ごろ　弓張弓射るなど丶よむ也。矢馬と書て矢数《やかず》と詠り。

一、老懸《おいかけ》　を《（お）》いかけは玉鬘とよむ也。

一、刀《かたな》　ひし刀　あおい《（をひ）》とは刀の名也。竹刀　牛の刀　雞の刀　鈴の刀とは　はうちゃうの時付るなり。

爪刀　腰刀　国をば三の刀と云。夢に刀を三えて国をえし事歟。

心さすが※とは　垂仁天皇の御時　后の袖の中に入て御門《みかど》をうかゞひたてまつりし也。

竹刀は　ほその緒《を》つく刀也。

一、冠《かぶり》　みどりの蟬　麻の冠とは上品の冠は布にてするなり。玉かぶり　うゐ《（ひ）》かぶり　うずとは冠のかざりを云也。冠かけとは緒也。

一、枕《まくら》　菅《すが》枕　丸木枕　板枕神事有歟　梶枕舟に有　人の枕には非ず梶やすめ也　さゝ枕　手《た》枕万葉には手籠と詠り

新《にひ》枕　さよ枕　磯枕　石《いは》枕　かり枕　小《こ》枕　玉枕　袖枕　浮枕水鳥歟　舟筏などならでもうき枕とは詠り。草枕旅行《たびゆく》舟と詠り。ひぢ枕　つげ枕　枕草子《まくらざうし》と詠り。枕言とは物を云《いふ》題目の詞云々。持言也。

古今の枕こと葉は別の事也。

とぢを《（お）》きし枕草紙の上《うへ》にこそ昔の夢もおほくみえけれ

一、床　真《ま》ゆか　朝どこ　玉ゆか　岩《いは》どこ　あらどこ　夜どこ　ふな《舟》どこ　車のとこ

少々以前之条両書《りやうがき》在之歟《あるか》、任思出注之故也《おもひいづるにまかせしるすゆゑなり》、老のほれ不及力《ちからおよばず》。

言塵抄　坤

言塵集　五

鳥類　付草木少々在之

一、帰雁

春霞とび分《わけ》いぬる声きゝて雁きぬなりと外《はか》はいふらむ　貫之

外とは雁の故郷の事歟。

鳴《なき》かへる雁の涙のつもるをや苗代水《なはしろみづ》に人はせくらん　好忠

万
春まけてかく帰るとも秋風に紅葉の山を越《こえ》ざらめや　家持
春まけてとは　春かけてと云言也。

新
年こえの都の空の長旅につばさたれてや帰る雁金《かりがね》　光俊

六帖
たちぬはぬ霞を旅の衣《ころも》にて雲の外《ほか》よりかへる雁がね　雅親
保延哥合、霞帰雁衣と云題にて判者基俊　仙人衣の心よろしと云々。
仙人の衣は、たちぬはぬきぬ也云々。

建長哥合
つらなれるつばさをかけて玉章《たまづさ》の文字《もじ》ぐさりして帰る雁がね　信実

一、雉

万
足引《あしひき》の八峯《やつを》のきゞす鳴《なき》とよむ朝けの霞みればかなしも　家持
万長
滝の上のあさ野のきゞすと詠略之。

万
すぎの野にさお《(を)》どる雉子《きぎす》いちしるくなきにもなかんこもり妻かも　同

葦引《あしひき》の片山きゞす立《たち》ゆかむ君におくれてうちしけめやも　読人不知

片岡に芝うつりして鳴雉子《なくきぎす》たつ羽音《はおと》て高からぬかは　西行

芝うつりとは　忍《しのび》たつ心歟。

御狩《みかり》するたかのを山に立雉《たつきじ》や君が千年の日つきなるらん　顕輔

日次《ひなみ》の狩の心歟。

草をなみうだの焼野《やけの》にすむ雉の何にかくれて恋をしのばむ　長方

かりそめに見てしとだちを立忍び片野の雉子《きぎす》のき羽《ば》うつ也《なり》　如願法師

恋の心を詠と云々。鷹ののき羽《ば》うつと云事此哥にもみえたり。それ鷹の事也。

つれもなき人の心をとり柴《しば》に金《こがね》のきゞす付《つけ》えてし哉《かな》　仲正

恋の哥と云々。御狩《みかり》の鳥をばとり柴と云《いへり》。柴の枝に付《つく》と云々。鳥柴《とりしば》とも、と柴とも、と付柴とも云同事也。鳥柴は葉のあつくて冬枯までも不落葉《おちざる》也。黄葉也。

朝霞まだ鷹《たか》時も待《まち》つけずすゞろ《そゝろ》たちして鳴雉《なくきぎす》かな　仲正

一、喚子鳥

万 滝の上の御舟《みふね》山よりあきつ辺に来鳴《きなき》わたるは誰《たれ》よぶこ鳥　読人不知

万 春日なる羽がひ山よりさほのうちへ鳴行（く）なるは誰《たれ》よぶこどり　人丸

万 朝霧にしとゞにぬれてよぶこ鳥神なび山に鳴わたるなり　赤人

喚子鳥《よぶこどりの》名所

きさの中山　しのぶの森　を《（お）》となし山　まきもくの檜原《ひばら》山　守《もる》山　なこその関　鏡山　いはせの森

たゞすの杜《もり》　位《くらゐ》山　しほたれ山　はゝその杜　ならしの岡　みのゝお《（を）》山　あわづの杜　岩田《いはた》の森

名ごしの山　待かね山　龍田山　木曽のかけぢ

喚子鳥　一説、箱鳥同物云々。はこ鳥は、はやこ〳〵と鳴故《なくゆゑ》に子をよぶ鳥と云り。何《いづれ》も春なく鳥と云々。しとゞにぬれてとは、しほ〳〵とぬれたる心也。

一、雲雀《ひばり》

万
ひばりあがる春べと更に成ぬれば都もみえずかすみたなびく　家持

万
うら〳〵にてれる春日にひばりあがり心かなしも独《ひとり》し思へば

うら〳〵にとは、うらゝにと云同言也。

雲雀あがる春の野沢の浅みどり空に色こき村霞かな　慈鎮

村霞は雲霧などのやうには有べからず。同色也と云儀有也。其ために此哥を為証哥注畢《しようかとなししるしをはんぬ》。

あはれにも空にさへづる雲雀かな芝生の栖《す》をば思ふ物から　俊成

千五百番哥合也。

道しばもけふははる〴〵青み原おりゐる雲雀かくろへぬべみ　好忠

べみとは　可と云こと葉也。

野べみれば分《わく》る雲雀の通路《かよひぢ》にまだかくれなし荻の焼原《やけはら》　寂蓮

ひばり立《たつ》みづの上野《うへの》にながむれば霞流《ながる》る淀の河浪　鴨長明

一、郭公《ほととぎす》蜀ノ国ノ望亭ノ魂、時鳥ト成シ也。血涙ヲ流キ。

けふぞ又去年《こぞ》のね山に時鳥《ほととぎす》初音なくやとたづねいりぬる　経信

鶯のねぐらの竹をしめをきて（お）親の跡ふむ時鳥かな　同
竹中時鳥をよめり。

時鳥ながかぞいろの鶯《うぐひす》にまれに鳴《なく》てふ事ならひそ　俊〔頼〕

鶯のふるすより立《たつ》ほとゝぎすあゐよりもこき声の色哉《かな》　西行
此哥、よりと云言二ツあれども聞《きき》にくからぬ也。やまひなけれども
きゝにくき言はわろき也。

正治百首
鶯のふるすにとめし時鳥かへらばさそへ雲に入声《いるこゑ》　寂蓮

六帖
ちはやぶるたゞすの神のまへにして空鳴《そらなき》しつるほとゝぎすかな　読人不知

君恋《こふ》とふしゐもせぬに時鳥あを山辺《やまべ》より鳴《なき》わたる哉　家持

なげかじな手向《たむけ》の山の時鳥あを葉のぬさを取《とり》あへぬまで　俊頼

時鳥ほのに初音《はつね》をきゝしより夜《よ》るとしなれば目をさましつゝ　好忠

立帰《たちかへ》り誰《た》がとへばかも時鳥をの(お)が名をのみなのるなるらん　元方

万
時鳥なく声きくやうの花のさきつる岡に田草引《たくさひく》いも　人丸

山中郭公
郭公をの(お)がね山の椎柴《しひしば》にかへりうてばやを(お)とづれもせぬ　俊〔頼〕

鳥のかへりさす、かへりうつる　など云は、ねたる事也。

神なびの杜《もり》のありすの時鳥一声《ひとこゑ》きかで行《ゆき》や過《すぎ》なん　恵慶

時鳥みあれのしめに引《ひき》こめて外《ほか》にけがさぬ声をきかばや　慈鎮

老若哥合哥云々。

月やどるみもすそ河の時鳥秋のいく夜もあかずやあらまし　定家

此哥の心は秋にはあらず、秋の夜ほどのながき夜なりとも、よも聞《きき》あかじとよまれたる也。如此《かくのごとき》の心深くよまれたる哥をあしく心得ては、お《(を)》かしかるべし。そのために注畢《しるしをはんぬ》。

時鳥なくやさ月もまだしらぬ雪はふじのねいつとわくらん　同

最勝四天王院名所哥也。

家哥合
五月雨にしほれつゝ鳴《なく》時鳥ぬれ色にこそ声もきこゆれ　重家

時しもあれ花ちる里の軒《のき》の雨にを《(お)》のがさ月の鳥の一声　後京極摂政

松浦舟《まつらぶね》かぢとりまはしこぎめぐれ玉津嶋《たまつしま》わに郭公なく　仲正

船中時鳥をよめると云々。

真木《まき》のたつあら山出《いづ》る時鳥国《くに》の都に五月つぐ也《なり》　行能

夜もすがらねぐらさだめぬ声す也《なり》さもいさとなる時鳥哉　家長

信濃《しなの》なるすがのあら野に郭公鳴《なく》こゑきけば時はきにけり　人丸

郭公名所

二見浦《ふたみのうら》　朝原　笠取山　伊吹山　後瀬《のちせ》山　入《いる》さ山　をばすて山　生田杜《いくたのもり》　いはでの森　三嶋江　八橋《やつはし》　子恋杜《こころひのもり》　あすかの里　ひれふる山　立聞森　神《かみ》山　賀茂　たゞすの杜《もり》　片岡《かたをか》森此外代々歌にみえたり。

一、鵜川

六百番哥合
大井河猶《なほ》山陰に鵜飼舟《うかひぶね》いとひかねたる夜半《よは》の月かな

難云、月夜も鵜《う》つかふべしや。　陳《ちんじていはく》云、月夜も山陰などに仕《つかふか》歟。

判者云、左右難陳に聞《きこえはべる》侍めりと云々。

同哥合
大井河いくせのぼれば鵜《う》かひ船《ぶね》嵐《あらし》の山の明《あけ》わたるらむ
判者云、鵜川は瀬々を飼下常習也《かひくだすつねのならひなり》。いく瀬のぼるとは、下《くだ》さんれうに上《のぼ》れば、明方《あけがた》殊の外に遅々なり。いかにもうたがひおほかるべしと云々。

夜川《よかは》たつ五月《さつき》きぬらし瀬々《せぜ》をとめおとものおも火かゞりさすはや　顕昭
私云、おとも前舟歟。おも火は前のかゞり歟。

かゞりさしよるべの手縄《タナワ》〈ママ〉うちはへて後《のち》をもしらぬ鵜飼舟哉《かな》　俊成〔卿〕

鵜飼舟ちがふ手縄《たなは》をさばくとてともしぞかぬる夜《よ》はの篝火《かがりび》　忠基

夜川哥合
鵜舟おほく下《くだ》す折《をり》しも滝《たき》川にやなくづれして鮎子《あゆこ》さばしる　顕仲
私云、やなくづれは、やなのやぶれたる也。

哥合
かゞり火の光もまがふ玉藻《たまも》にはうぐひの魚《いを》もかくれざりけり　同
私云、うぐひの魚とは魚の名歟。又鵜のくい《(ひ)》たる魚歟。此哥は鵜食《うぐひ》と聞えたり。

ますらお《(を)》は鵜川《うかは》の瀬々《せぜ》に鮎取《あゆとる》と引白縄《ひくしらなは》の絶ずも有かな　俊頼

篝火《かがりび》のほ影《かげ》にみればますらお《(を)》はたもゝいとなく鯉子《こひご》くむらし　同

五月やみかゞりなかけそ高瀬舟汀《みぎは》の螢光しげしも　読人不知

此哥、水辺螢火也。師時卿家哥合。

鵜川名所

大井河　桂河　もがみ河　なつみ河　白河　みなせ河　玉川　梅津《うめづ》河　田上《たなかみ》河　吉野川　初瀬《はつせ》川

一、水鶏《くひな》

牛窓《うしまど》をたゝく水鶏《くひな》の音す也《なり》浪うちあげて誰《たれ》かとふらん　俊頼

牛まどゝは、泊《とまり》にて水鶏をきゝて詠と云々。

海辺水鶏

さとの海士《あま》はなるとの浪にみゝなれてたゝく水鶏をおどろかすとか　仲正

水鶏をば明石の浦にもよめり。

一、鷹狩《たかがり》

けふ暮《くれ》ぬ明日《あす》もかりこむうたのはら枯野《かれの》の下に雉子《きぎす》鳴也《なくなり》　後京極摂政

にゐ《(へ)》まつる豊明《とよのあかり》になる程は御狩《みかり》の鷹《たか》のやすむ日もなし　三品御子輔仁

あられふる玉野の原に御狩《みかり》して天の日次《ひつぎ》のにゐ《(へ)》たてまつる　俊憲卿

大嘗会哥也。

堀河百首
日影さす豊明《とよのあかり》に御狩《みかり》すとかた野の原にけふも暮しつ　俊頼

はし鷹《たか》のしるしの鈴《すず》の近づけばかくれかねてや雉子《きぎす》鳴《なく》らむ　河内

御狩野《みかりの》にけふはし鷹《たか》のそらくしてお《（を）》ぶさの鈴《すず》もとかで帰《かへり》ぬ　仲正

私云、鷹のそらくしたる日は、え《（ゑ）》をもひかへ鈴をもとかぬなり。こらさんがため也。

はし鷹のあすの心やかはりなむけふ空《そら》とりのあはれ飼《がひ》して　仲正

私云、鷹のよくふるまひたる時は、ましゑをかふ也。それをあはれがひと云歟。

おぼつかな今としなればおほあらきの森の下草《したくさ》人もかりけり　貫之

私云、此哥狩を苅とそへよめる歟。

やぶがくれきゞすのありかうかゞふとあやなく冬の野にやたわれ《（は）》む　好忠

はし鷹の身よりのさか羽《は》かきくもり霰《あられ》ふる野に御狩《みかり》すらしも　法性寺入道関白

私云、はし鷹のさか羽かくとは、もちたれたる羽也。かきくもりあられとつゞけたるにや。

御狩野に草飛《とぶ》いぬの立《たち》帰りたつる雉子《きぎす》の羽音《はおと》かなしも　光俊

私云、草とぶ犬とは鳥のつかれの跡をこえて行《ゆく》を云也。

正治百首
暮ぬとも初《はつ》とやだしのはし鷹を一《ひと》よりいかゞあはせざるべき　小侍従

暮鷹狩
きゞす立片野《たつかたの》の冬の御狩飼《みかりがひ》今日《けふ》もいくより合《あはせ》暮しつ　家隆

七社法楽
立鳥《たつとり》の一尾《ひとを》ひきこす落草《おちくさ》に犬よびかはしあさるかり人　為家

万葉旋頭謌
垣《かき》ごしに犬よびこしてとがりする君青山《あをやま》のはした山べに馬《うま》やすめよ君
私云、かきごしに犬よびこしてと云言、万葉にむねとまなぶべき哥也と定家〔卿〕教也。凡《およそ》万葉には取《とる》べき哥、取《とる》まじき哥おほし。師説を得《う》べき事也。
春日野《かすがの》に犬よびこして鳥狩《とがり》する君青山のはこき山べに馬やすめ君　読人不知
是は本六帖の哥也。少《すこし》かはりたる計《ばかりなり》也。

万代
みちのくの忍《しの》ぶの鷹《たか》を手《て》にすへ《（ゑ）》てあだちの原を行《ゆく》は誰《た》が子ぞ　能因法師

降《ふる》雪に友むれ烏《がらす》しるべしておけどもみえずま白《しろ》ふの鷹《たか》　顕仲

はし鷹のいづれか木居《こゐ》の枝《えだ》ならんかへるばかりによびみてし哉《かな》　基俊

我恋《わがこひ》はうけを《（お）》ふ鷹《たか》にあらねども逢《あふ》ことぬるきなげきをぞする　範綱

永万二　重家卿哥合云々。

ふゞきする片野の原を狩《かり》ゆけば黒《くろ》ふの鷹《たか》ぞ雪にまがはぬ　隆房

あはせつる木居《こゐ》のはし鷹《たか》をきとらし犬飼人《いぬかひびと》の声しきる也　西行

引《ひき》すへ《（ゑ）》よいらごの鷹《たか》の山がへりまだ日は高し心空也《そらなり》　家隆

耳かたき白《しら》ふの鷹《たか》の山がへり心ゆるさず狩《かり》わたるかな　道〔経〕

元永元　内大臣家哥合云々。

はし鷹の遠山《とほ》おちの山がへりかへるさあかぬ雪の御狩庭《みかりば》　家隆

私云、遠山おちとは鳥屋《とや》鷹の古毛《フルケ》の落残《おちのこり》たるを云々。

新六
つかれやる声をしばまに先立《さきだて》てかるや片野の道したふ也　信実

一、雁《かり》

万
を《（お）》してるや難波堀江《なにはほりえ》のあしべには雁ねたるかも霜のふらくに　読人不知

万
久方のあまた裳《も》を《（お）》かず雲がくれ鳴《なき》ぞ行《ゆく》なる初田雁金《はつたかりがね》　家持

うねび山峯の梢《こずゑ》も色付《いろづき》てまてど※音せぬ雁金《かりがね》の声　高遠卿

待雁と云事を読り。此哥、音二声へ読り。為証哥注之《しようかのためにしるす》。

宝治百首
此秋のにゐ《（ひ）》玉章《たまづさ》のことづても今こそあれと雁はきにけり　信実

建保百首
まつ風の秋にはいとゞ絶《たえ》〴〵に伏見の夢のきゆる雁がね　俊成卿女

万
あま飛《とぶ》や雁のつばさのおほひ羽《ば》のいづ※くもりてか霜のを《（お）》くらん　人丸

天雲のよその物とは知《しり》ながらめづらしきかな雁の遠声《とほごゑ》　貫之

古来哥合
秋風に山飛越《とびこえ》てくる雁の羽《は》むけにきゆる峯の白雲　躬恒

草枕《くさまくら》幾度《いくたび》数を結ぶらん雲でを遠《とほ》みかよふ雁金《かりがね》　恵慶法師

私云、雲でとは雲路歟、五音也。

常世《とこよ》出《いで》し日《ひ》数《かず》よいかに夜やさむき都にきたる雁のは衣　重之

常世《とこよ》へて雁のは衣寒き上《うへ》に心して吹け秋のよの風　清正

雁がねの書《かき》つらねたる玉札《たまづさ》は浅《あさ》みどりなる空の色紙《いろがみ》　三条入道左大臣

峯越《みねごえ》の山のこなたにくる雁はこしはなれたる声ぞきこゆる　信実

水ぐきの岡の湊《みなと》にとぶ雁をよみはたらかす文《ふみ》かとぞみる　同

私云、此二首、詞花集のかゝり歟。

秋の田のほぐ※とも雁のみゆる哉誰《かなた》が大空《おほぞら》にかきちらすらん　俊頼

私云、稲のほをほうぐ※にそへよめる也。

雁金も羽《は》やしほるらん真菅生《ますげおふ》るいなさ細江《ほそえ》にあまづゝみせよ　俊頼

私云、あまづゝみとは雨装束する心也。

一、稲負鳥《いなおほせどり》

里遠《とほ》み暮《くれ》なば野べにとまるべしいなおほせ鳥にやどやからまし　順

さ夜ふけて稲負鳥の鳴《なき》けるを君がたゝくと思《おもひ》けるかな　俊子

秋の田の稲負鳥のこがれ羽《は》も梢もよほす露や染《そむ》らん　家隆

はやはこべ苅田《かりた》の面《おも》の駒の足いなおほ《ふ歟》せ鳥の声いそぐ也　信実

私云、稲負鳥に説々多し。石たゝきとも云、たう共云、雁共云、雀共云、馬共云歟。

定家説石たゝき也。

建長哥合

我門《わがかど》に造《つく》る山田のほにつきていなおほせ鳥の声すだく也　行家

判者知家卿云、ほにつきてと侍《はべる》言、いひなれずや。若《もし》稲負鳥を雀と云事侍《はべる》とかや。

たしかならぬ下《げ》説也《せつなり》云々。

一、小鷹狩《こたかがり》

はし鷹《たか》のとやの浅茅《あさぢ》ふみ分《わけ》てを《(お)》のれもいづる秋のかり人　順徳院

私云、はし鷹は小鷹《こたか》の名也云々。此御哥は此儀歟。

降雨《ふるあめ》にくるすのをのゝ小鷹狩《こたかがり》ぬれしぞ家のはじめ成《なり》ける　光俊

私云、此哥は高藤公の栗栖野《くるすの》の鷹狩の心歟。光俊は彼子孫也。

鶉《うづら》かる秋の草根《くさね》の梓弓《あづさゆみ》はや鳥打《とりうち》の名こそしるけれ　信実

村鳥《むらどり》はいかゞ聞《きく》らん鷹はなつ狩場《かりば》のをのゝ鈴虫のこゑ

天喜五年哥合

雲雀《ひばり》とるこのり手《て》にすへ駒《(ゑ)こま》なめて秋の苅田《かりた》に出《いで》ぬ日ぞなき　仲正

人も皆〔我《われ》〕ならねども秋の田にかりにぞ物を思ふべらなる　貫之

田中《たのなか》に狩したる所云々。

万

いはせ野に秋萩《あきはぎ》しのぎ駒なめて小鷹狩《こたかがり》だにせでや別《わか》れん　読人不知

私云、此哥、初鳥狩《はつとがり》だにせでや別れんと有本《あるほん》も有也。鷹がりの哥は、小鳥を読《よみ》そへたるは小鷹狩也。へ緒《(を)》などをよみたるは小鷹也。このりは、むねとねり雲雀《ひばり》に仕《つかふなり》也。ねりひばりは七月十四日五日までの物也。雲雀・小鷹は夏の物也。春には詠《よむ》べからず。鷹の木居《こゐ》をば小鷹には詠《よむ》まじき也。土木《つちこ》居《ゐ》などは小鷹詞にも云也。草とると云事、つかれと云事も、大鷹ばかりにいふ言也。

一、はした子《こ》と云鷹有也。一説云、是をはし鷹と云々。一説には、せうにもあらず、はいたかにもあらず、定《さだめ》がたき鷹有也。それをはいた子共《(こ)とも》はした子共《(こ)とも》云云々。又小鷹を鷹の子とも詠《よみ》たる也。栖《す》たかの子を取《とり》て飼《かふ》をも云也。とぐ※らゆゐ《(ひ)》てかふ鷹とは栖子《すこ》の事云々。

鷹《たか》の子《こ》を手にはすへ《(ゑ)》ねど※鶉なくあはづの原にけふも暮しつ　顕昭

万　鷹の子は丸《まろ》にたばらん手にすへ《(ゑ)》てあはづの原に鶉とらせん　読人不知

私云、顕昭が哥は此哥を取たる也。此二首は小鷹と聞えたる也。鷹の子のつばな毛《げ》など云は鷹の子に云《いへ》り。

一、雲雀鷹《ひばりたか》とは五六七月の間に仕也《つかふなり》。ひばりの夏毛替時《かはるとき》、尾羽《をは》の落比仕《おつるころつかふ》也。尾羽落るをねり雲雀と云也。雀鷹《すずめたか》とは、つみ小鷹の名也。兄鷹とはせうの事也。白鷹《しらたか》、赤白、青白、是等は皆鷹の事也。赤《あか》鷹《たか》とは若《わか》鷹の時の毛也。黒ふの鷹に大黒《おほくろ》ふと云は、尾すげの毛までふを切たるを云也。ふかはりの鷹とは毛にはよらず、さかゐ《(ひ)》の尾羽のしるし有をふ替《かはり》と云也。山帰《やまがへり》とは山にて一年経《へ》たるを云也。山片帰《かたかへり》とは山にて年一、鳥屋《とや》にてとし一経《へ》たるなり。又云、山にて一年取たるを云とも一説也。鳥屋《とや》片帰《かたかへり》と云も如此《かくのごとし》云々。只《ただ》一鳥屋、二鳥屋なども云也。古山かへり、古鳥屋《ふるとや》鷹などゝ云は、老たる鷹の事也。栖鷹《すだか》とは栖《す》より取て飼《かひ》たるを云也。すだかゝへりとは栖鷹を其年鳥屋《とや》にて飼たるを云也。あかげの鷹とは網にて取《とり》たるを云り。大鷹は女たか也。せうは男鷹《をだか》也。人の、女におそるゝを鳥の少様にと源氏にも書り。野ざれ、山帰《がへり》などゝ云はふる鷹の事也。ね取飼《とりがひ》とは、野にては取かはずして、家に帰りてゐを飼《かふ》を、ねとりがい《(ひ)》と云也。たかきぬとは、鷹などをふする時鷹にきする衣也。たか杖は狩杖《かりつゑ》同事也。鷹のたばなちとは、或はあら鷹を始《はじめ》て鳥に合《あは》するを手放《たばなち》と云也。鳥屋《とや》出しにも云言也。ぬす立鳥《だつとり》とは、つかれなどを忍《しのび》て立《たつ》を云也。水鶏立《くひなだつ》と云は、つかれ鳥の羽《は》よはに忍立《しのびたつ》を云也。鷹の谷入すると云は、ゐせ鷹の羽仕也。谷わたしの羽と云は、すぐに飛羽也。一物《いちもつ》の羽仕也。ますかきの羽とは両説有也。一説云、羽を次第にかきまさるをますかきと云。一説は、米はかるますと云物は一文字にはかる故に、ますかきと云也。ともに逸物《いちもつ》の羽仕也。

一、諷の題に大鷹狩とあらば、木居《こゐ》、つかれ、草とる、をしへ草とる、ゆるく草とる、鷹手貫《タヌキ》、をき縄、空とるなど、読ては、大鷹に可叶也《かなふべきなり》。

一、小鷹《こたか》の題にては

へ緒《を》　鶉《うづら》　雲雀《ひばり》など様の小鳥を詠《よみ》そへば、小鷹に可叶也。生袋《イケフクロ》などゝよみても小鷹の一具也。つみさしは、このりなどゝよむ也。すそご※さし羽とて尾の半黒も有也。黒づ※みと云も有也。若狭山の栖《す》と云り。とぐらとは、栖鷹《すだか》かふ時わらうだ※と云物にまはりをくみて、鷹の子をすへ《(ゑ)》てかふ也。鴨の子にもと倉《ぐら》はよめり。

一、鶉《うづら》

新六　かへりさす鶉《うづら》のとこや寒からし葛《くず》はふ野べの露の下風《したかぜ》　信実

あれ行《ゆけ》ば虫の音《ね》までも忍《しのび》しをうづら立也《たつなり》庭の篠原《しのはら》　寂蓮

私云、此哥心は古郷《ふるさと》の虫のなくまでは堪忍《かんにん》したるを、鶉の声きくに堪《たへ》かねたると詠歟《よめる》。哥は如《かくの》此《ごとく》心をやるべき也。凡《およそ》寂蓮哥は多分哥のはてに、いかにせむとを《（お）》きてよみけるとかや。

さびしさはその色としもなかりけり槇立《まきたつ》山の秋の夕暮いかにせん

思立《おもひたつ》鳥はふるすもたのむらんなれぬる花の跡の夕暮いかにせん

たとへば如此《かくのごとく》よみけると云々。

人心鳩《ごころはと》のうづらかはしたかのせめてこふれどのがれのみ行《ゆく》　仲正

私云、鳩のうづら、鳩のきゞすなど云事は、羽のあまた重《かさね》有て鷹にとられぬ也。又は鷹を取けるとも云り。此事不可然《しかるべからず》、よむべからずとぞ定家卿はをしへ給《たまひ》ける。

山田《やまだ》もるきそのふせ屋に風吹《ふけ》ばあぜ※つたひして鶉音《うづらおと》なふ　俊頼

田家興と云題にてよめると云々。

鶉はふ門《かど》は木葉《このは》にうづもれて人もさしこぬ大原《おほはら》の里　寂蓮

西行上人問《とひ》て侍ける返哥と云々。

鶉鳴《なく》ふるき都の秋萩《あきはぎ》を思ふ人どち逢《あひ》みつるかな　読人不知
人ごとをしげ※しと君を鶉なくひとのふる家《いへ》にあひいでやりつ
私云、鶉なくふるしと人と万葉によめる事は、鶉の鳴声《なくこゑ》はふるしと、鳴《なく》と云々。仍《よりて》鶉なくふるしと人とつゞけよめると万葉の注の一説也。しとさと五音故也。又うづら衣とは、破《やぶれ》てすそのほだれのさがりたるは鶉の毛に似《にた》る故に云云々。ぬのかたぎぬのみるのごと、よめるも、ほだれのさがりたる衣《きぬ》にたとへたる也。みるのごとゝは、みるの如くと云言也。

一、鴫《しぎ》鷸同文字

恋哥
草ふかき沢にぬはれてふす鴫《しぎ》のいかによそだ※つ人の心ぞ　西行
私云、ぬはれてふすとは、のはれてふしたる也。

恋哥
明ぼのゝ鴫《しぎ》ののぼり羽《は》かきつがむ雲ゐはるけき恋もする哉《かな》　仲正

鴫名所
あさかのぬま　しほがまの浦　まのゝ浦　伏見田井《ふしみのたゐ》

高瀬のよど　深草の里　うだのくろ※　と山の原　ゐなのさゝ原

一、千鳥《ちどり》

万
千鳥鳴《なく》よしの、河の音しげみやむことなしにおもほゆる君　人丸

万代
さ夜中とよや深《ふけ》ぬらん吉野河瀬のなるさへに千鳥鳴也《なくなり》　六条御子

楸生《ひさぎおふ》る河原《かはら》の千鳥鳴《なく》なへにいもがり行《ゆけ》ば月わたるみゆ　家持

私云、なへにとは、其時分にと云言也。いもがりとは、いもが※もとへ行《ゆく》と云言也。

河辺《かはべ》にも雪はふれらし宮《みや》の内《うち》に千鳥鳴也《なくなり》居《ゐ》む所なみ　同

天平五年正月於内裏聞千鳥詠云々。

万
吾せこがふる家《いへ》の里のあすかには千鳥鳴也《なくなり》妻待《まち》かねて　読人不知

万
真菅《ますげ》よき曾我《そが》の河原《かはら》に鳴《なく》千鳥まなく我《わが》せこ我《われ》しこふらく　同

友をなみ河瀬《かはせ》にのみぞ立居《たちゐ》鳴《なく》百千鳥《ももちどり》とは誰《たれ》かいひけん　和泉式部

水辺に千鳥の只一《ただひとつ》たてるをみてと云々。

私云、百千鳥《ももちどり》は万鳥《よろづのとり》也。其中に鶯も千鳥も入《いる》べしと云々。此式部が哥は千鳥をさしていへるにや、可為証哥也《しようかとなすべきなり》。

楸生《ひさぎおふ》るあどの河原《かはら》の河おろしすだく千鳥の声のさやけさ　清輔

私云、あどの河原は名所也。

風さゆるやその湊《みなと》のあくる夜に磯崎《いそざき》かけて千鳥鳴也《なくなり》　信実

水海《みづうみ》に友よぶ千鳥ことならばやその湊《みなと》に声たえずなけ　紫式部

此哥は、近江守《あふみのかみ》がむすめをけさうしける人の、二《ふた》心なしと常《つね》にいひわたりければ云り。

私云、やその湊は近江湖也。磯崎も同所名所也。やその湊、やすの湊、同名と云《いへり》。

諸共《もろとも》にありすの河の河千鳥《かはちどり》暁《あかつき》ごとにかならずぞなく　小弁

浜千鳥《はまちどり》跡《あと》ふみつけよいもがひもゆふはがはらの忘《わすれ》がたみに　後京極

入道俊成卿九十賀屏風哥云々。

万
さほ河《がは》の清き河原に鳴《なく》千鳥蛙《かはづ》とともに忘《わすれ》かねつも　読人不知

堀河百
大井河下《くだ》す筏《いかだ》におどろきてい《(ゐ)》せきにきゐる千鳥鳴也　師時

明《あけ》ぬべく千鳥しばなく白妙《しろたへ》の君が手枕《たまくら》いまだあかなくに　読人不知

今夜《こよひ》こそ涙の河《かは》にい《(ゐ)》る千鳥鳴て帰ると君がしらずや　同

此哥能因集にあり。

万代
みなと入奥津《いるおきつ》しほ風寒《さむ》き夜は河《かは》しまがくれ千鳥鳴なり　信実

年《とし》をふる浜松《はままつ》が枝《え》のいたづらにねぐらも知《しら》ぬ夕千鳥哉《かな》　家隆

さ夜千鳥浪《なみ》や高《たか》けんかざ早《はや》の浦のおき洲《す》に立居鳴《たちゐなく》らん　知家

ひがた吹浦《ふく》風さむみ水茎《みづくき》の岡《をか》のみなとに千鳥鳴也　家長

万
近江の海夕浪《ゆふなみ》千鳥ながなけば心もしぬにいにしへおもほゆ　人丸

私云、ながとは汝也。しぬにとは、しのにと云言也。しのにとは、永《ながく》とも、ぢたいにとも、つねにとも云べき言也。

六帖
声をだにきけばなぐさの浜千鳥ふるす忘《わすれ》ずつねに問《とひ》こよ　読人不知

私云、なぐさとは、なぐさむと云言也。

古来哥合
村千鳥《むらちどり》三嶋《みしま》をさして渡るなり野坂《のさか》の浦に舟や付《つく》らん　定教法師

私云、三嶋とは水嶋也。肥後国足北《あしきた》に有《あり》。

旅泊千鳥

都思ふ夢路《ゆめぢ》はしばし友千鳥声は枕にちかのうら風　寂蓮

ちかの浦は奥州にも肥前松浦にも有歟。

いは千鳥あやな〻くねは何故《なにゆゑ》にながすの浜のなかず待《まち》けん　兼輔

私云、いは千鳥不審也。以他本可明也。不得師説事也《しせつをえざることなり》。ながすのはま、肥前のながす歟。

渡千鳥を詠

舟よするなるとのおきの友千鳥を(お)のがかよひは風もいとはず　為家

一、水鳥《みづどり》

つてに聞契《きくちぎり》もかなしあひ思《おも》ふこずゑのをしのよな〳〵の声　定家

払《はらひ》あへぬ上毛《うはげ》の霜にいかにしてをしの青羽《あをば》のかはらざるらん　俊成

建仁哥合
これきかむ生田《いくた》のおくにさ夜ふけて妻やあらそふをしの諸《もろ》ごゑ　越前

建長哥合
池水にうかべるをしのむなそりて寒き気色《けしき》のなきがあやしき　信実

となせより浮《うき》て流《ながる》る紅葉々につれてぞくだるをしのむら鳥《どり》　仲正

私云、をしの村鳥、証哥也。

心せよつばさをしきてをし鴨《かも》のしばしまどろむ岸の白《しら》なみ　為家

水鳥眠岸

新 池水にをしのつるぎ羽《は》そばだて、妻あらそひのけしきはげしも　信実

六帖 山河のあたりは氷《こほ》るいわ《(は)》ゝ《(は)》だにながれもやらずをしぞ鳴《なく》なる　光俊

同 ちくま河入えのをしもさは《(わ)》がねばうき影うせむ物ならなくに　読人不知

万 いその浦に常《つね》よりきなくをし鳥のお《(を)》しきあが身は君がまに〳〵　同

私云、あが身とは我身也。

冬ふかき六田《むつだ》のよどにふし付《づけ》し柴間《しばま》の水にをしぞ鳴《なく》なる　藤憲盛

岸ちかみあしまの水に浮《うき》ねして手《て》がひになつくをしの鴨どり

水鳥近馴

すみなるゝ手《て》がひのをしやこれならん立《たち》ゐるむれにたゝぬつが※ひは　隆信

万

あしの葉に夕霧立《ゆふぎりたち》て鴨《かも》がねの寒き夕《ゆふべ》になをばしのばむ　読人不知

私云、なをばとは汝也。

あし根《ね》はふうきぬにすだく※鴨の子《こ》の親にまさると聞《きけ》ばたのもし　光俊

かりの子とよめるも鴨の子也。

水鳥知主

見《み》なれてはこれも名残《なごり》やをし鴨のなれだにやどの主《ぬし》はわきけり　定家

柿本影供哥

を(お)く霜は青羽《あをば》の上《うへ》にかさねつゝ柳にみゆる鴨の毛衣《けごろも》　後九条内大臣

私云、柳とは衣の柳うらの事也。柳の衣は上白くて下青也。

夜もすがらおきの鈴鴨《すずかも》羽《は》ぶりしてなぎさの宮にきねつゞみうつ　仲正

水鳥夜遊

万
かるの池の入江めぐれるかもすらにたまもの上にひとりね鳴《なく》に　読人不知

みる人は奥津《おきつ》あら浪《なみ》うとけれどわざとなれぬるをしたがへ哉《かな》　恵慶

古来哥合
暮かゝるぬまのねぬ縄《なは》ふみしだきかり田のくゞ※ゐ(ひ)霜払《はらふ》らし　資隆

沼水鳥
長夜《ながきよ》も沼《ぬま》のねぬなわ(は)ふみしだきくゞゐ(ひ)かり金《がね》霜払《はらふ》らし　家隆

水鳥の足にひかるゝねぬ縄《なは》は人もかまへぬくゝりなりけり　喜多院入道二品

新六
うき鳥《とり》のさながらぬるゝみなあそびなにぞはさても頭《かしら》からげそ　信実

哥林集
淡路嶋松吹《ふく》風のおろすかときけばいそべ※にあきさ立《たつ》なり　俊恵

哥林苑哥合
いづ方もおなじうきねを何とかは浦わたりするよざ※のすが鳥　祐盛法師

霜結《むす》ぶ入江のまこも末分《すゑわけ》てたつみとさぎの声もさむけし　忠良

私云、みと鷺《さぎ》を水恋鳥と云一説有、慥《たしか》なる師説を可得也《うべきなり》。或人の云、此鳥別にあり。腹の赤くして水をのまんとすれば、を《(お)》のれが色のうつるをみて、おそれて其水をのまずと云り。万葉注、万葉にも注せり。

春鳥《万》　坂鳥《万》秋也　す鳥春也　嶋鳥　嶋津鳥　真鳥　嶋津　以上鵜也。　河鳥是も鵜也　はなち鳥《万放》不吉也
なげきには飼鳥を放故也。花千鳥《はなち》是は花と鳥と也　すが鳥飛騨《ひだ》の細江に詠り　ひな鳥鳥の子也　も丶千鳥《万》よろづの鳥也　も丶鳥百鳥也　朝鳥《あさ》あしたの小鳥也　しら鳥《万》鷺　㒵鳥《かほ》とは一説はふくろう也。㒵《かほ》よ鳥春也

山河の井ぐゐ《(ひ)》の上の㒵《かほ》よ鳥影みる時ぞねはなかれける　俊頼

是はそな鳥と云鳥歟云々。水に影をうつせば底の魚上にうかぶを取《とる》と云々。㒵《かほ》よが沼によめり。㒵《かほ》花《ばな》もかほよが沼に詠り。

一、鶯は夜なかぬにくしと清少納言枕草子に云り。万葉に、やつかさになく鶯とよめるは、やつかさとは山と谷を云也。しば鳴《※なく》鶯とも詠り。山吹のしげみ飛《とび》わくるとよめり。妻もとむるとも詠り。鶯姫とは、うぐひすひめ、かぐやひめの事也。

一、郭公　妻《万》恋するとよめり。う《万》なひ《(ゐ)》子と云名あり。もとなとは、時鳥の本の名と云、八雲の御抄にも有。古を恋《こふ》る鳥と云り。うつゝま子と云也。真子也。夜なきすると読り。網《万》鳥《あみどり》と読り。朝《万》霧の八重《やへ》山こえて鳴《なく》と読り。あ《万》ふちの枝に行《ゆき》て居《ゐ》と読り。よ《万》みつ鳥と云り。し《万》での田をさと云り。三《万》こ鳥と云り。

一、たくみ鳥とは寺つゝきを云也。

一、雉　なゝきゞ※しとは使の鴙也。日本〔紀〕曰。　春の野にさお《(を)》とるきゞすと読り。金鳥と書《かき》てきゞすと読り。一説には春の女鳥を云云々。只《ただ》金鳥の女鳥なれば金女鳥と云なるべし。きゞす鳴《なく》と読たれば女鳥は鳴《なく》とは云べからず。一説ある事は如此注付計《かくのごとくしるしつくるばかりなり》也。やたけの鴙《きぎす》とは、春に妻恋する故に、やたけき間《あひだ》いやたけき鴙と云り。此説を可用云々。又やみね《つを歟》の鴙とは八峯鴙と書り。しかれば、やたけは八みね同事歟ともいへども、別に尺《しやく》せり。

一、鶏　かけろ　かけ　あけつげ鳥　庭つ鳥　庭鳥　かけのたれ尾の長き夜などゝ詠り。かけつ鳴《なく》とも読り。暁に鳴夕つけのわび※声などゝ読り。ゆふつけ鳥とは、男女の中をまつる事に庭鳥に木綿《ゆふ》を付《つけ》て祭《まつり》て、逢坂山に放ちける故に、ゆふ付鳥と名付云々。庭鳥と云句に、連歌に冠をも鉾をも寄合にする也。坂を冠にたとへ、け爪を鉾剣などにたとへたる故也。

一、雀　すゞめ色とは、夕暮の深《ふかき》を雀色時と云也。雀が※くれとは、春二月比の草木のわづ※かにめぐみたるを云也。雀よく屋《や》をうがつと云文有《あり》。毛詩曰。うがつとは破也。雀の寄合には、破車をも付《つくる》也。是等は本文也。もみ雀は鷹の薬にかふ也。

一、烏《からす》　やた烏とは、伊勢神宮に云り。みむれ烏とは稲荷の社に云り。森しる烏とは杜《もり》にすむ故歟、万葉に詠り。さち烏とは、鹿狩鷹狩の時、幸に出来と云。鷹烏とは鷹に付《つき》て煩故也。夏烏、子持烏、月夜烏、山烏。烏はむくひを返す鳥也。烏は半哺《はんぽ》の孝を成《なし》、親を養辺《やしなひかへす》云々。万葉に烏とふと詠たるは、烏と云と云言也。烏てふと云同言也。

一、百舌鳥《もず》　もずの草ぐきとは両説有。一には、もずの居たる草云々。一には、霞を云。是は俊頼朝臣の説也。所詮、しるしの跡もなく、はかなき事に読《よむ》也。大和物語にくはしく見えたり。

とへかしな玉櫛《たまぐし》の葉にみがくれて百舌鳥《もず》の草ぐきめぢならずとも

是は俊頼哥也。伊勢より京なる人につかはしたる哥云々。玉ぐしの葉は榊の名也。みがくれとは身隠と云言也。目路《めぢ》とは眼路也云々。基俊曰、み隠《がくれ》とは水隠也云々。此難を俊頼聞及《ききおよび》て又詠《よみ》たる哥、

雪ふれば青葉の山もみがくれて常葉《ときは》の名をや今朝《けさ》はおとさん

基俊・俊頼の両説如此《かくのごとし》。末代の人は、時によりていづれをも可用詠歟《もちゐよむべきか》。

一、つく鳥とは、みゝづ※く也。つく鳥のつくしと云事は、鎮西はみゝづくの居《ゐ》たるにすがたにたる故に、つく鳥の国と云々。

一、喚子鳥とは、春鳴云々。仍《よつて》春の題歟。前に注畢《しるしをはりぬ》。箱鳥同物也。夜《よ》るはきて、ひるは帰ると云々。

一、雲鳥とは、綾の名云々。雲に鳥を織故也《おるゆゑなり》。

一、あま鳥とは、つばめとも云。又つばめより大にて足のなき鳥也。雨のふる日飛《とぶ》鳥也云々。雲にすをか

けて子をなすと云々。

一、草　部

しろみ草とは白頭草と和名に書《かけり》。翁草の事也。

一、いちし《羊蹄》の花とはいちごの花也。路の辺のいつしば原とは、一説には、一位柴原と云原也。又云、いちごの生《おひ》たる芝原共云り。哥様によりて可用也。

一、思草は一説露草と云々。一説、しお《(を)》ん云々。一説りんだう。尾花がもとの思草はりんだう也。師説也。鬼のしこ草と云も紫苑云々。

一、さいたつま　春の草の惣名也。一説云、ふかみ草の一名也云々。

一、牡丹　廿日草、ふかみ草、山橘、是等皆同名云々。山たち花のみのならんみむとは、人のかみそぎに山菅にそへたる草をも山橘と云也。名とり草とは牡丹の一名也云々。

一、萱　かやの姫とは神代の草の生初の名云々。ひめ萱とは若かやの事也云々。

一、菊　まさり草　村菊　玉の村菊は物語名云々。そが※菊とは、そばざまにみる菊也。一説は黄菊云々。

一、夜一よ草とも一夜草とも同物云々。朝に生《おひ》て夕にしぼむ草云々。

一、百夜草《ももよぐさ》　月草、続草とも、一説也。

一、薄《すすき》　しなすゝきとは、冬野の白薄の名云々。まそうの薄、まそほ《す歟》の薄、まそをの薄、三種有。無名抄《鴨長明》云、まそうとはすわ《(は)》う色也。ますほとは真寸法也。一尺の穂也。まそをとは真苧也。すぐろの薄とは、焼野に生出《おひいで》たる薄也。さき野のすぐろと読り。
一、日影草とは、葵《あふひ》の一名也。又、奥山によめる日影と云かづら也。
一、河菜《かはな》草とは藻《も》也。古今秘事也。随一也。女情と書り。
一、鏡草　説々有歟。一云、あさがほ云々。一、かたばみ云々。一云、世俗にかこめと云草也云々。
一、み草の花とは、水草の花也。秋の花也。
一、やち草とは、草には非ず、八千種と書也。さま〴〵に物思《おもふ》をやち草に思《おもふ》など、云り。恋草は、恋の種《たね》の心也。
一、にこ草とは、葉も花もこまかなる也。垣根、箱根山等に詠り。ねろとは只根と云言也。ろ文字をいひそへたる也。青《あを》ねろなども云也。
一、芹《せり》は　枝ぜり※、野芹、畠芹、深《ふか》芹、小芹、大芹。
一、蓬《よもぎ》　さしも草伊吹山に読り　又しめぢが原、又しめつか原とも云。よもぎの杣《そま》とは、蓬生《よもぎふ》は杣木に似る故にたとへて云也。蓬のまろねとは、車の輪にたとへたりと一説有《あり》。只かりねの草枕などの丸《まろ》ねと可心得《こころうべき》也。源氏に、かゝるよもぎふをと云は、いやしき家と云心也。
一、菅《すげ》　三嶋菅《みしますげ》　みくまが菅　山菅　たつみわ小菅《こすげ》浅羽野《あさはの》に詠り　しづ屋《や》の小菅《こすげ》　すが嶋名所也
一、稲　とみ草　民の草葉。
一、新なみ　にゐ(ひ)なめとも云也。神に新米を手向《たむくる》を云也。
一、から荻《をぎ》とは　枯たる荻也。庭荻。

一、瞿麦《なでしこ》　万葉には四時花と書たり。こすのとこ夏とは住吉のこすに有《あり》。ゑまひの匂《にほひ》と詠り。女のえ《(ゑ)》みたるにたとへたり。形見草とは、なでしこ也。九州ゆきの嶋は瞿麦の名所也。なでしこの弥《いや》初花と読り。

一、藤　白藤　藤なみ　かりほ《借庵》に作《つくり》と読り。

一、山吹　山吹は実ならぬ物と読り。

一、わらび　影野《かげの》のわらびと読り。岩代《いはしろ》とは、わらびの一名也。

一、若菜狩《わかながり》とは　若菜を尋ぬる心也。

一、思草の一名なでしこ也云々。

一、ねつこ草とは　ねこま草也。にこ草、此等皆同物也。

一、枝《え》　玉えはほめたる心也。はい《(ひ)》え、いほえ五百枝也　重《かさね》たる心にも云。いほ枝《え》さしとは、とがと云木に詠り。つがの木の事也。

一、萩　針原とは萩原也。

万葉
いかほろのそゐ《(ひ)》のはり原我衣《キヌ》につきよみしもよひたへと思へば

ひたへとは、一重と云言也。萩原里《はりはらのさと》は播磨《はりま》国也。一夜に一丈の萩生《おひ》けり。仍《よつて》国の名を播磨と名付云々。

一、水かげ草　説々有。一云、水影草也。一云、水懸草也、稲也。一云、水草云々。定家卿は、就万葉《まんえふにつきて》水影草也。

一、わか草の妻は弱草夫と書たり。若き妻にたとへたり。妻とは、女をも男をも共に云也。

一、夏麻

万
夏そび※くうな上潟《かみがた》の奥津洲《おきつす》に舟はとゞめんさ夜深にけり

夏麻引《そびく》うな上山の椎柴にかし鳥鳴《なき》つ夕あさりして　俊頼

夏あさを引《ひく》とよみつゞけたり。うとは緒と云言也。うな上《かみ》は名所也。夕あさりとは、夕食をもとむる也。いさりとは、磯をもとむると書り。あさりとは求食と書り。

一、うば※らこぎ※とよみたり。春也。うばらの若枝也。

古哥
ゑのこ草種はを《(お)》のれとある物を粟のなるとは誰かいひけん

一、うたかた草とは　和名云、升麻事也。

一、しのゝは草　篠には非ず、冬枯の物也。葉は篠に似てふしの有也。

一、からかしわ《(は)》とは　和名云、葷麻也。

一、庭草とは　土葵也。ちしばり草の事也。庭なる草をも庭草と読り。

一、山しとは　知母と書り。古今説随一也。

一、草香とは　芸と書り。世俗に、大芹と云物也。

一、芝　芝生　芝原　きり芝とは大内に有云々。舞にも切芝と云事有歟。

一、木

春くれば木《こ》がくれおほき夕づくよおぼつかなしも花陰《かげ》にして

花影とも読り。花陰歟。

秋の夜の月の影こそ木間《このま》より落葉衣と身にうつりけれ
うちはへて影とぞ憑《たの》む峯の松色どる秋の風にうつるな
龍田河秋は水なくあせなゝむあかぬ紅葉のながるればお《(を)》し
しげりあふ青き紅葉の下すゞみと詠り。

私云、青き紅葉とは、蛙手《かへるで》葉《は》をば紅葉と云々。必しも色の替《かはる》にはあらず。衣の色に青紅葉と云も夏衣にも云り。蛙手《かへで》は若蛙手《わかかへで》、青かえ《(へ)》でなど、詠り。

一、児このいち柴《しば》とは、大原に詠り。一井柴の事云々。柴をば奈良柴、葉柴、椎柴《しひしば》、栗柴《くりしば》、と柴など、詠り。

一、楸《ひさぎ》 小野《をのの》のあさぢ※ 片山陰 清き河原 浜など、読り。

一、槻《つき》 ゆづき※ 百《もも》へ《(え)》つき 芳野 初瀬などに詠り。

一、柏《かしは》 あさかしは 秋かしは ながめ柏 赤ラ柏 葉ひろ柏 ほを《(ほ)》柏 三角《みつの》柏 三葉柏 水の柏とは石をも云、又は占問《とふ》にも云り。もと柏とは、冬枯に木下に葉の残《のこり》たる也。奈良の柏同事云々。かごとがましきと詠り。風のを《(お)》とのこと〲しきを云と云々。

一、檜《ひ》 檜山 さ檜《ひ》とはちい《(ひ)》さき檜木《ひのき》也。若木也。さひの隈《くま》は名所也。檜木は五月の雨の声をならすと云り。

一、榲《すぎ》 玉杉 あや杉〔杉〕の名也 む杉とは両説有、一には、若杉を云、一には、鉾《ほこ》に似《にた》る故に鉾杉と云々。

私云、所詮若き杉の木は梢のほこに似《にた》る故歟。あや杉とは木目の事歟。岩村 も杉 初瀬山と読り。

私云、む杉もも杉も同事歟。五音云々。

言塵集六

一、笠《かさ》
むし笠熊野詣の女笠に有　ひら笠高野笠歟　綾《あや》ゐ笠　竹笠たか笠同事也　難波菅《なにはすが》笠只菅笠共　三嶋笠
梅の花笠　芝笠　青笠　しからき笠とは檜笠也　日照笠　あみ笠　黒笠　袖かさ　ひぢ笠袖同事
さし笠　きぬ笠
さゝごて※もたるおほが※しはいたくも似たり青き絹笠《きぬがさ》と万葉に読り。さゝごて※とは、さゝげてと云言也。市女笠とも詠り。

一、坏《つき》　ひとつき一器　うくば※浮羽　うくはと云所にて作初たる土器也。はすのみとは蓮実也。酒月《さかづき》の一名也。
万〔ひと〕つきのにごれる酒と詠り。
万さか月《づき》に梅の花うけて思《おもふ》どちのみての後はちりぬともよし

一、籠《かご》　花かご　かたみ　ひげこ　目ざしとは籠の一名也。海士の乙女を云とも一説也。目ざしぬらすなおきにおれ《(を)》浪と詠り。つゝらご※　蓑籠。

一、灯《ともしび》　九《ここのつ》の枝《えだ》　枝の雪　つねのともし火　灯の花とは光と云々。又云、丁子頭とて灯の光をも云《いへり》。

一、席《むしろ》　五《いつつ》の花　長むしろ　唐むしろ　綾莚《あやむしろ》緒《を》になるまでにあひみねばと万葉にはよめり。久《ひさし》くおきふして莚《むしろ》の破《やぶれ》たる心云々。花莚むしろの文の花也　花のむしろ　月のむしろは花の座、月の座也。はり莚とは、車に有《あり》。うはむしろはゞかり有《あり》。射《い》莚《むしろ》は座也。草の花莚草座也　竹莚唐むしろに有也　菅《すが》莚　稲《いな》莚　こも莚　苔《こけ》莚とは、苔はむすといへば、よそへて苔の莚と云。さむしろとは狭《せばきなり》也。

一、車《くるま》　流水　水車　荷《に》車　網代車《あじろぐるま》　小《を》車　手車　やぶれ車　足よは車牛のよはき也　かざり車賀茂祭に　しば車※とは、馬四疋にかけたる車と云々。哥にしば車とよむは、柴つみ車とよむべしと云々。四馬《よつのむま》は和言に非ず。女車　副車《そへぐるま》とは人給《ヒトダマイ》と云ふ車也。出車也。ひさしの車とは長簷車と書り。車の網とは車おほひ也。絹也。車かたびら同前なるべし。車のしとねとは鞇と書り。車屋形とは車蓋と書り。是等は和名に曰。車のかもとは、車の輪のくさび※の口金を云也。け車とは毛車也。いとけの車とも云。むな車とは人の乗《のら》ぬ車也。

一、船　つぐの船とは舳舟也。大舟に有。お《(を)》舟とは艇舟也。たかせ舟とは艜と書也。早舟とは舸と書り。みお《(を)》ひき舟とは、水引かけてかざりたる舟を云也。水脉《みを》也。帆舟　風衣とも云也。ふな尾形とは篷庫と書也。ふなよそひとは、舟を用意する也。ふなくらべとは競渡と書也。いくさ舟とは兵舟也。あからを舟とは、丹ぬりたる舟也。さぬりのあから舟とも読り。

いわ舟石見高津に詠　いさり舟　橋舟　千《ち》舟大わだの浦に読り　ひ舟とは檜木舟《ひのきぶね》也。塩舟とは塩汲也。引《ひき》舟駅路に詠　鈴舟同前　綾《あや》舟とは文《あや》の有舟也。足早舟　ぬり舟とは赤き也。皮舟とは椛舟歟、桜皮をまきたる舟云々。くほ舟とはくみ船也。七夕に詠り。もろた舟とは、くま〔の〕、川舟歟。あまのはと船、おほみ舟とは鵜河に云り、御舟也。いづて舟とは両説、一には伊豆出《いづ》る舟也。一には五手《いつて》舟也。小舟を五人してこぐ間、早《はやき》と云也。伊豆舟は三保《みほ》が崎に詠り。おきつ鳥鴨てふと万葉によめるは、舟の名に鴨と云舟の有歟。おほつ舟大津浦舟也　哥人の作者に大津船とあるは女の名と云々。あけのそほ舟、あからを舟此二は同物と云々。此舟をば和名抄には赭舟と書り。おき行《ゆく》やあからを舟につとやらばと詠り。

一、みなし子とは孤子と書也。連哥に無の字　嫌まじき也。

一、ふるおきなとは耆宿と書り。古の字に不可嫌歟《きらふべからざるか》。

一、ひとへきぬとは単衣と書り。一文字なし。

一、うへのきぬ袍也　上の字無し。是等は連哥の嫌物《きらひもの》のために注畢《しるしをはんぬ》。

一、山　紅の山名所　若草山同春日に有　おぼろの山名所　暁山

一、あるじするとは源氏に書たるは、宮人のもてなしする事をあるじすると云也。

一、みお《(を)》きとは、国王に奉る物を云也。景行天皇に水嶋より水を奉しをみお《(を)》きと云云々。

一、酒《さけ》　紅酒　みきとは酒の名也。豊みきなどゝ詠、三寸　三木　竹葉　流泉此等酒の名也。白き　黒き此等も白酒、黒酒也。酒をきと云也。おほみきとは御酒也。酒と云字をば王《わ》と読り。みわと云　則《すなはち》酒の名也。あぢ酒　うま酒同物也。

一、かへなしとは、仏名の時、内裏にて柏の実と梨をさかなにて、僧に酒を給《たまふ》をかえ《(へ)》なしのよそひと云也。

万
酒の名を聖《ひじり》といひし古《いにしへ》のおほきおとゞのことのよろしさ

酒をば聖とも云也。

万 さかゞめに我身を入てひたさなんひしほ色には骨はなるとも

万 たゞにゐてかたらひするは酒のみてゐ(ひ)なきするに猶しかずけり

只《ただ》むかひ居て物語するよりは、酒のみてゐ(ひ)なきするはまさるとよめる歟。

かみ酒とは、両説也。一には、神酒云々。一には、口にて米をかみくだきて、昔は酒を作《つくり》し事也。一夜酒とは、一日一夜に出来云々。三重の酒とは、一には、酒をせんじて、そのいきのしづくをうけためて、それを又せんじて返し〳〵三度《みたび》したる酒也と云々。鎮西にて、我等も此酒を高麗より送《おくり》たりしをのみたりし也。一盃のめば七日ゑふと云々。露ばかりなめたりしも気にあがりて侍りき。香は能《よき》酒にてあぢ《味》はさしてなかりし也。舌にいら〳〵とおぼえし計《ばかりなり》也。にごれる酒とも読り。

一、布《ぬの》　きその麻布《あさぬの》とも、麻ぎぬとも詠り。同物云々。きそとは、所の名には非ず。吉緒と書り。よき緒の布云々。麻きぬと云には、麻衣と書《かく》べきにや。絹とは書まじきと私に存也。如此事は、同事も様《やう》によりて可用替也。

けふのほそ布《ぬの》とは、両説有。一には、陸奥国《みちのく》けふと云所に織布《おるぬの》也。ふとく、はたばりせばき間《あひだ》、著《き》たれどもむねあはずと云々。一説は、毛布と云々。えぞは鳥の毛にて織《おり》たる布を著《きるなり》也。仍《よつて》毛布と云々。

されども新六帖哥に、

みちのくのけふの郡《こほり》にを(お)る布《ぬの》のせばきは人の心なりけり

にぎたへの布とは、神に奉る布を云也云々。七夕のを(お)るしら《白》布と詠り。

夫里《をとこのさと》の布と云事有。男《をとこ》の数布を国王に奉る里ありと云々。是をお《(を)》とこの里の布とよむべきにや。本文に云間、如此和にて可詠歟。連歌に、お《(を)》とこと云句に布は可寄合歟《よりあふべきか》。私の考也。ぬの、帯とも云り。ぬのかたぎぬとも詠。布かたぎぬのみるのごと、万葉によめるは、破《やぶれ》たる衣のすその、みるを結下《むすびさげ》たるに似《にた》り。ご※と丶は、如也。

一、糸　しけいと丶は、下品糸也。節糸同前　水引の糸　はぐりの糸　夏引糸《なつびきのいと》　手引《てびき》の糸　あさ引《ひく》糸は七夕にも詠《よめり》。日影《ひかげ》の糸、舞人のかざし也。ねがひの糸七夕に、しづ機《はた》いとシヅハタ糸也、アシヤに詠り。

一、衾《ふすま》　まゆかの衾《ふすま》　た丶ふすま　麻衾　麻でこぶすま　あさぢこぶすまとも云。まだら衾《ぶすま》とは、そめたる也。紙衾　ふるき衾

きべ※人のまだら衾のわたさわ《(は)》だ入《いり》なまし物を君がお《(を)》どこに

きべとは、遠江き部《べ》の郡と云々。あらたまのきべの村とも詠り。若《もし》いまは有玉林の事歟。私考、あつ衿、薄衿など可詠歟《よむべきか》。

一、袖　霞の袖　椎柴袖《しひしばのそで》只は詠ずべからず。羽《は》袖　ま袖とは、万葉には、左右の袖と書てま袖と注《しるす》也。染袖　山あひの袖は舞人の袖歟。

行《ゆく》春の霞の袖を引《ひき》とめてしほるばかりや恨かけまし　俊成卿

一、絹　ゆふきぬとは、幣をば絹にてもする也。赤ぎぬ　玉ぎぬ　あまのきぬ源氏云　つくしきぬ　たかせぎぬ　巻絹《まききぬ》　あしぎぬわろき絹也。

一、衣　河蟬の衣そな鳥をば川せみと云也。其毛にて織たる也。最上品衣云々。青衣とは、下品衣也。青女・青侍

などゝ云も如此の衣故云々。鶴にも詠り。又内衣をも云歟。さ衣とは、せばき衣云々。秋さり衣とは、七夕衣也。みなれ衣、みの代衣《しろ》蓑の代《かはり》の衣也。又身の代にも云、なで物などの事歟。なれとは、きならしたる也。紫のみの代衣とも。下衣《した》とは、下に著也。ふるす衣、す衣、すて衣とは、一説は著す《捨》てたる衣也。一説は、死人の野に送時、衣をそへてすつるを云とも云り。天竺の事云々。草分衣《くさわけ》。おほよそ衣舞人のおほよそ衣と詠り。出仕の衣歟。きならし衣、あらはし衣源氏云。憚有歟。基俊云、あらはし衣、苔衣、うつぶし染《ぞめ》などゝ云は法師の衣云々。すみ焼衣、うす染衣とは紅に有。やしほの衣色のふかく染たる衣也。やしほ色は、紅にもあゐにも云り。伊勢をのあまのすて衣とも詠り。袖つき衣とは二説也。袖付衣、一説には、袖続衣也。袖を錦などにてつぎたる衣と仙覚説也。天河袖つくばかりあさきをやと詠り。如此説いづれにても可用詠《もちゐよむべし》。我哥のやうによりて取べき歟。袖を続《つぐ》たよりあらば、袖付ともよむべき歟。

一、髪　つくもがみとは、老女のかみ歟。落《おち》がみ、うちたれがみ、色かみ少色あかき也　しらが、ましらが、はなちのかみ、うちたれかみ同物歟。鶴のかみとは、たとへに云歟。黄しらがとは、白が※の猶黄になる也。みるふさとは、女子のかみのふさやかなるを云云々。

一、黛《まゆずみ》　ますみの色と詠り。

一、摺《すり》　青ずり　もぢ摺　忍摺《しのぶずり》乱たるに詠り　遠山摺《とほやまずり》とは、黄摺に遠山をすりたりけり云々。一説には、遠山鳥を遠山ずりとよみあやまるかと云り。萩《はぎ》が花ずりとも、萩が葉ずりとも云り。紫の根ずりとは両説也。一には、人とねずりと云々。一には、根摺云々。紫は根にて摺也。蓑ずり、山摺、芝摺。道行ずりとは、みちにふるゝ心歟。

一、口　伊勢物語に鬼一口と云り。まことの鬼に非ず。人口歟、注に有《ある》べし。一口物語とらの口とは、人をそんずる也　口のはとは、只《ただ》口と云言也、は文字はやすめ言也云々。古今

水茎のをかの尾形《やかた》にいもとあれとねてのあさけの霜のふりはも

此霜のふりはと云は文字も口のはと同心也。霜のふりたる也。いもとあれとは、いもと我と、云言也。あが、あれなど、云は、共に我也。

一、擣衣をば玉の声と詠り。つちの音とも詠り。

一、人形《ひとかた》　金の人形忠臣に云り　祓草《はらへぐさ》種也　撫物《なでもの》　草の人形とは、萱《かや》などにて作《つくる》歟《か》、木などにても作也。身くさ是も形代《かたしろ》也。俑此一字を人形とよむ也。人と云字に非ず。

一、占《うら》　足占《あしうら》とは、ふみ定《さだめ》ぬ也。石占、灰《はひ》占、亀の卜《うら》、門卜《かどうら》、辻占、道行占《みちゆきうら》是等は立占と云事也。心の占とは、すいしたる躰の心歟。苗《なへ》の占とは、文道に有歟、苗の教《をしへ》など、云也。櫛占、時の占、哥卜。肩焼とは、鹿の肩の骨を焼《やき》て占をする也。占部氏の人の伝と云々。

一、玉　みお《(を)》き玉とは、出雲すさのお《(を)》の尊《みこと》に奉る物と云々。玉の枝《えだ》とは、法令の事也。玉太刀、玉ゆかなど、云は、ほめたる言云々。玉殿もほめたる事なれども、無人《なきひと》を納たる所をも玉殿と云々。玉の灯《ともしび》とは、玉を光にする也。夜光玉《よるひかるたま》　車を照玉美玉と云々。何《いづれ》にもほむる言には玉と云也。

一、病　霧は病《やまひ》の名也。恋の病、老の病、酒病《さかやまひ》やもい《(ひ)》とも云り。病のむしろ　同床。

一、香　人香《ひとか》　枕香《まくらが》　袖の香　うつり香　源氏に、空にたくと云は空だき物也。

一、無才の人をば、昨日の木にたとへたり。

一、〔舞〕もとめご　やまと舞　駿河舞　林哥　こてふ　塵をあぐると云言　一をれと云言　雪をめぐらすと云言　此外、舞の名は事によりて可詠也。

一、いやしき人は　山がつ　海人《あま》　しづ　木こり　草苅　田守　水守《ミモリ》　野人　うさぎとる人

一、哥　田哥　よせ哥神哥也　唐哥詩也　あづま哥　伊勢哥　ひたち哥　甲斐哥　相模哥　とめ哥　ただこ※と哥　たとへ哥　なずらへ哥　哥の仙《ヒジリ》　是等は連歌のためにしるし畢《をはんぬ》。

一、言　さかご※と逆言　まがご※※と狂言　ねりご※とは練言、とゝのを(ほ)らぬ事也。あさこと《き歟》明言《あきこと歟》　よこゝと横　しゐことゝは、を(お)し返し〳〵云也。あだごと　もろこと衆儀也　日本〔紀〕云り　ひとりごと　しゝまとは無言也。

一、狩《かり》　とまり狩《かり》　夕狩　朝狩　鳥《と》狩　小鷹《こたか》狩　初と《鳥》狩　日次《ひなみ》狩　桜狩　若菜狩　たけ《茸》狩　紅葉狩是四は尋ぬる事を狩と云也　紫狩と云も尋ぬる事也。にゐ(へ)狩　河狩　あらくま狩　薬狩《くすりがり》とは四月五月の間の狩也。四月と書てまつり月とよむ也。一説には、五月五日狩を薬狩と云と云々。

顕昭云、さくらがりとは桜がりには非ず、さくらがりて雨はふりきぬとよめる也。少黒麻と云心也云々。

定家卿は、たゞ桜をもとめたる歟云々。狩杖《かりづゑ》、狩倉《かりくら》、狩つとい是等皆狩言也。

万　ますらお(を)のゆずゑ《ゆずゑ》ふりたて狩鷹《かるたか》の野べさへきよく照月夜《てるつくよ》鴨《かも》

鷹にも弓末《ゆずゑ》と可詠歟《よむべきか》。

海士人《あま》の舟にていさりするをも夕狩《ゆふかり》と読り。

夏かりとは、あし　夏鴨　夏狩　如此説々有也。
暁がり　鶉がり　ねずみ狩　うさぎがり　きつね狩　ない《鳴》鳥狩《とかり》春也　夜こめのかり　鹿猪《カキ》ふみおこし
とよめるも狩也。

一、遊《あそび》　あそびお（を）　はぎ《芽》の遊　野遊　をさな遊　ひゝな遊　手遊　ひとり遊　小弓遊　鞠遊

一、寝　ひるね　あぢ《味》ねとは、よくねたる也。　朝ね朝ゐ也　友ね　ひとりね　思《おもひ》ね　あだね　まろね
帯とかぬ旅ね　うたゝね　なきね　あだね両出歟、如何、任本。

一、声　夜声《よごゑ》　下声　よび声　かへり声楽の律也　から声鳥に云り　枯たる声歟　こわつゝき　ゐ中声　わらい（ひ）
声楽に云り　あづま声　しら声　狩声　せこ声　ね声　遠声　とさけびとは狩庭の鳥立《とだち》時の狩声也。

一、夢　ぬる玉　ぬば玉二は夢也　いめとは夢也、夢みる人也。いめ人の伏見の田井《たゐ》とよめり。夢のたゞぢは直路と書り。夢路《ゆめぢ》はすぐにゆく故に直路《ただぢ》と云云々。又云、夢の即時也云々。夢の浮橋とは、いかなるを云とも分明《ふんみやう》の説なし。只夢のうき事の端などゝそへたる言歟。源氏の夢のうき橋の巻名に付ても、さま〳〵云歟。正説未定《いまださだめざるか》歟。夢心ち、夢心などゝ云は、哥には不可然《しかるべからざるか》歟。連哥にはくるしかるまじき歟。

一、心　外《ほか》心　二《ふた》心　下《した》心　御心　あだし心　心がへ　古今の哥に、かくなはと（わ）云は、心のとかく乱たるを云也。心ばとは、只心と云言に、は文字を云加たると云々。源氏の絵合に、心ばと書たるは箱の緒のかざり也。拾遺集哥事書にも有歟。心ぐせとは、心のとが也。心やま《痛》しき　心くらべ　心の鬼　心仕　心ばへ　心の色

一、守　垣守とは、いやしき人也。御垣守　殿守　宮守　関守　嶋守　新嶋守海に云　やその嶋守つくしに云り　とのゑ守　野守　山守　水守みもりとも云り　田守　木守　やど守

一、乳母　すもりめのと丶は、乳もたぬめのと也。ちのめのと　めのとご

一、兄弟　つらなる枝《えだ》　ならべる枝　上《かみ》つ枝《えだ》は兄也　腹から

一、かつしかのま丶の手児《てこ》なと云は、人の名也。

一、子　ひとつ子　ふたつ子　三子　女子をみなご　乙子《おとご》　玉のお《(を)》の子　祝子《はふりこ》つくしなるいわ《(は)》ふこゆへ《(ゑ)》にともよめり　錦子綾の中につ丶みぬると云り　すて子　若子　鬼の子　やつことは子には非ず、人につかはる丶下《げ》す也。みなし子蓑虫の事也無親子也　ま丶子　をさな子　うめる子　ひとり子

一、妻　花妻　屋妻　祝妻《いはひづま》　思ひ妻　若草　かくれ妻　忍妻同事也　一夜妻《ひとよづま》　人妻とは人の妻也。かけ妻

玉かつま一説は妻云々。

一、童　うない《(ゐ)》　あげまき　牛童　みとめら少女也　乙女同事也　乙女とは未通女と書り。わらはやみとは、おこりやみを云也。草苅わらは　木こり童　源氏云、はなちかふあげ巻の心さへぞ恨めしきやと云り。

一、僧　ならべる霧とは法師名云々。そみかくた山ぶし也　野ぶし　うばそく

一、下女　市女　お《(を)》さめ　を《(お)》りめはたを《(お)》り也　しづのめ　あま乙女

一、女　かとり乙女《をとめ》奥州に有　かい《(ひ)》め飼女、こかふ也　さをとめ田うへ《(ゑ)》也　うへ《(ゑ)》め同事也　桂女《かつらめ》　小原め　うなひ《(ゐ)》をとめあし屋に有。

一、鬼　鬼のますらお《(を)》おそろしきお《(を)》のこと云心歟。鬼こもると云は心にくきと云事也。女と云字を鬼とも読り。
かくれ蓑の鬼　人の魂をも鬼と云歟。
一、鯛《たひ》　あめは鯛の名也。桜鯛春也、桜貝の浦に詠《よめり》。酒に鯛と云名有。
一、貝　あま貝　雀貝　磯貝　塩貝と詠は塩干也。色貝　子安貝　烏《からす》貝　簾貝《すだれがひ》　梅花貝　ふところ貝おほふ貝也　錦貝　あはび貝
一、蛙　井内蛙心せばきたとへ也　目借蛙とは、春夏人の目を蛙の借故に、ねむたきと云り。後撰には、かへるとも詠歟。あまがへる　かはづ井手に詠り。
一、蟬　長蟬とは大蟬也。うつせみの鳴とも詠り。日ぐらし　源氏に、かごとがましき蟬の声と云り。河蟬烏也　せみのを川とは鴨河也。石川や瀬見の小川と云り。
一、狸　ふるだぬき　くさい《(ゐ)》なきとは、たぬきの名也。たぬきのつゞみ。
一、鼠《ねずみ》　穴《アナ》鼠　ぬれねずみ　月のねずみ月日の事也、たとへに云也。老鼠　火ねずみ　木ねずみ是二はむさゝび也
ねずみの社とは、日吉のやしろにあり。
一、狐《きつね》　老《おい》狐　若狐　狐穴　狐火　狐矢　ばけ狐　狐塚　伊賀たうめ狐の一名云々、一説には、はかせを云。
一、馬　うかべる雲　紫のつばめ　うさぎまとは、ろ《驢》馬也。馬をまと云たり。ゆきの国より出来云々。
おほみまとは、御馬也。たつのまとは、龍馬也。神のま、是も神の馬の事也。
万 龍《たつ》のまも今も得てしか青丹吉《あをによし》ならの都を行《ゆき》てみんため
馬のかみをゆふかみと読り。足毛《あしげ》馬のかみは木綿《ユフ》に似る故也。を《(お)》そ馬は駑也下品馬也。たち野の駒と

は牧馬也。

一、鷹　御鷹　白《しら》ふの鷹　真白《ましら》ふの鷹　青たか　赤鷹是等も白ふにあり　はやぶさのあまた帰りたるをば、野ざれ、山帰《かへり》などゝ云也。はいたかは、はしたかと云。はした子《こ》と云鷹を、はしたかと云とも云り。又はした子とは、せうよりはちい《（ひ）》さく、はい鷹よりは大なるをはした子とも云云々。はした子と云文字は、半と書《かく》故にいづれも不定故《さだまらぬゆゑ》云々。又、小鷹のつみは、はい鷹の雄鷹《をだか》也。はい鷹は女鷹云々。小《せう》は大鷹の雄鷹也大鷹は女鷹也。このりはむねと雲雀《ひばり》たかにつかふ也。このりはよは《（わ）》き間、風ふかず日のゝどかなる比仕也《つかふなり》。さしばと云小鷹、ゐ《（え）》さいと云も有也。すそごさしばとて、尾の半黒き有也。又黒つみと云も、若狭国《わかさのくに》にあり。空とる鷹とは、鳥を飛《とび》つめて落草にもいれずして空にて取《とる》と云也。よき鷹のわざ也。小鷹には空にて取《とる》とは云べからず。大鷹はいくよりも空にてのみ取《とる》故也。小鷹に木居《こゐ》と云事有べからず。を《（お）》のづから空にてとらぬ時、鶉の入草をもとめて、土にゐたるをば土木居《つちこゐ》と云也。大鷹にもわろき鷹は土木居をも取也。下品の鷹のわざ也。

残りは前説同之間略畢

言塵集七

一、鷹追加

鷹の文は少々説替《かはり》たる也。和名注には、夜たかとは恠鵄と書也。うるはしき鷹には非ず。鷹の一歳をば黄鷹《わかたか》と云也。若鷹也。二歳をば撫《かたかへり》鷹と云也。片帰《かたかへり》同物云々。

三歳をば青鷹と云也。白《おほ》たか同物云々。

はしたかとは鷂と書也。兄鷹とはせう也。兄とはこのり也。はい鷹はこのりのめ也。

はやぶさとは鶻也。又云、隼とも書《かけり》。是等、順が和名抄に云り。

一、鷹ののきばうつと云事、二条殿にて先年人々尋給けるに、一説には、野ぎわ(は)打と云々。一説には、軒《のき》端打《ばうつ》云々。此事は、

のきばうつましろの鷹のゑ袋にを(お)きゐもさゝで帰りつる哉

金葉集に有歟。此哥は、人の妻のもとに久《ひさしく》まい(ゐ)らで後、鷹のゑ袋を取《とり》におこせけるをつかはすとてよめる哥云々。昔、我等鷹もてあそびし時、随分の鷹ざう(じやう)と聞し人の申しは、鷹ののきばうつとは、とばふ鷹は主にそむきてとばふ間、のきばうつとも云、又そるゝ鷹の羽仕也とも云し也。此哥は、それたる鷹をのきば打《うつ》と詠たる歟。

凡《およそ》、鷹詞・狩詞・舟詞などは所々に云かへたる也。何《いづれ》をも可用歟《もちふべきか》。鷹のそゝろ打《うつ》とは、昨日飼《かひ》たる鷹

のゐの骨毛《ほねけ》などを朝はき出すを云なり。鳩、此字をそゝろと読り。鷹の尾ぶさとは、鍬、此字也。

一、鳩　家ばととは　鴿《いへばと》此字也。家と云文字なし。まだら鳩とは、いかるが也。是二は和名云也。

一、家類　ほそ殿とは廊也。火たき屋とは助鋪也。むろつみとは客舎《ムロツミ》也。あばら屋は亭也。いほりとは営《イホリ》也。草屋《くさや》とは廥也。ぬかわら入る屋也。いらか甍也。家の棟也。石ずゑとは磌也。みぎりとは砌也階也。ませがきとは籬同物也。かべとは壁也隙也。かべには横帯と云物有也。連哥の寄合に可用歟。門屋《かどや》とは門舎也小屋には不可用。里門《さとのかど》とは閭閻也。里中の道立門《みちにたつる》也。みとは水門也。石ずゑ、矼此字をも書り。ひとつ橋とは独梁也。

一、うちぎとは、婦女のき給《たまふ》衣也。きぬの上に著也《きるなり》。きぬのすこし短き也。上らう《（じやうらふ）》又家主のきる也。うちぎ姿と云り。

一、つい松とは、たい松也。松明也。

万 春まけて物がなしきにさ夜ふけて羽ぶり鳴鴫《なくしぎ》たがたにかすむ

春まけてとは、春かけてと云也。たがたとは、誰方と云言也。

片かい《（ひ）》の河の瀬と読り。名所也。連哥に、駒・鷹等の寄合なるべし。

万 あまざかるひなの長路をこぎくれば明石のとよりやまと嶋みゆ

舟とはなくてこぐと云証哥也。山をこぐ、雪をこぐなど云は、分たる心也。

恋にもそ人はしにするみなせ川したに我《われ》やす時に日にけに

みなせ川は名所也。したにやすとは、次第〳〵にやすると云也。時に日にとは、日毎時毎也《ひごとときごとなり》。けにとは、まことにと云言也。
哥
ゆ※だねまきあらきの小田《を》をもとめんとく丶りはぬれぬ此河《このかは》の瀬に名所也。ゆだねとは、ゆたかなる種也。く丶りとは、足緒と云也。
万
あすか川に石橋を読り。
万
と※ぐらゆひすえ《（ゑ）》てそ我《わが》かふま白《しら》ふの鷹《たか》と読り。とぐらゆひかひし鷹の子とも詠り。鴨の子の事也。鳥《と》倉《ぐら》とは、わらうだ《（ふ）》にふぢをあみたる物也。
万
夏やせにうなぎをくへと彌《いや》やせにやすと読り。うなぎは夏やせの病の薬也云々。
一、万
恋力《こひちから》と読り。
足柄《あしがら》の箱根の山に粟《あは》まきてみとはなれるをあはなくもあやし
あわ《（は）》なくとは、不逢と云也。
いもせの山に苧《ヲ》まけ我せと読り。麻のたね也。
万
信濃路は今のはり道かりば※ねに足ふましむな沓《くつ》はけ我《わが》せこ
はり道とは作路也。苅《かり》ばねとは、かり《苅》くゐ《（ひ）》の事也。
万
うち日さす宮の瀬川と読り。名所也。内日とは、高家・院宮等には、高き間、日の内に入心《いる》云々。皃《かほ》花《ばな》をよめり。
ねよとの鐘はうつなれど丶詠り。鐘をも打《うつ》と読り。ねよとのかねは初夜なり。
おきへゆきへにゆき今やいもがためわがすなどれるもふしつかふな

一、つかふなとは、鮒《ふな》の名也。藻に臥《ふし》たる一束計《ひとつかばかり》の小鮒也。
万 とこしへに夏冬ゆけやかわ衣《(は)ごろも》あふぎはなたず山に住人《すむひと》
　是は仙人の事也。とこしへとは、とこしなへ也。
わが門《かど》の千鳥しばなくおきよ〱我《わが》一《ひと》夜《よ》妻《づま》人にしらるな
　しばなくとは、しげく鳴也。しきりに鳴《なく》同事也。
一、やきたちのとなみの関と読り。焼太刀《やきたち》とは、と丶よみつゞけむための五文字也。
一、嶋に鐘つくと云事は、無言《むごん》する時、むこ〱※どうと云事也。
一、源氏に、いくたびかおのが※しゞまにまけぬらんと云哥も、むごんの事也。
一、里びたる犬の声とは、里げなると云也。里がましき也。
一、たのもし人、ゐ(い)ぎたなきなど丶云事は、小野の寄合によかりぬべし。
一、源氏に、なかゞみと云は、天一神《なかがみ》也。ふたがりの神也。（中神　長神　両説也　五条の天神也）
一、道祖神とは、さやの神の事也。手向《たむけ》の神と云も同事也。
一、たをやめとは婦人と書り。うかれめとは遊女也。源氏には、遊女をばあそびとも云り。
一、まぶしとは、射翳と書り。鹿をねらふ隠《かくれ》也。木を折《をり》たつる也。
一、草あはせとは、闘草と書り。
一、亀に三千《みち》とせのかめと云り。荘子に云り。みどりのかめとは緑毛亀事也。
一、柳松と成《なる》と云事有。同《おなじく》荘子に云。

一、万葉哥に難儀詞少々

一、村戸《むらこ》とは、妻戸のならびてあまたあるを云也。

一、いかくるとは、只かくると云言也。い文字はそへ言也。

一、を《（お）》そとはそら事也。

一、かよりかくよりとは、とさまかくさまと云言也。

一、きそのよとは、昨日の夜也。

一、やさしとは、やさしみとも同事也。恥《はづ》る心也。

一、うけぶ※とは、人をのろふ心也。

一、ねぐ※とは祈也。ねぐ※はねぎ事也。

一、か黒きかみとは、只《ただ》黒きかみ也。か文字はそへ言也。

一、こぬれとは梢《こずゑ》也。こぬれ隠《がくれ》など、読り。梢隠也。

一、たつか杖《づゑ》とは、手につく杖の事也。

一、こぼ※しきとは、恋しきと云言也。

一、をかび※とは岡べ也。

一、なつらすとは、魚をつる事也。

一、こぎたむるとは、こぎめぐると云言也。舟に云。

一、わけとは、おのれと云言云々、又お《（を）》のこと云言にも云り。わけさへにみるなど、読り。

一、たぶて※とは、つぶての事也。つぶて石也。
一、ほどろとは天の光也。ほ照《てり》同事也云々。
右条々注《しるしを》畢《はんぬ》。両書多之仍《よつて》略畢。
よの巻々にも両書多かるべし。比興《ひきょう》の事也。

一、和謌懐紙事
懐紙は、内々にはよき引合無子細也《ひきあはせしさいなきなり》。はれの時、公宴《くえん》等には、讃岐《さぬき》※だんしを引合《ひきあはせ》よりは高く切《きる》べし。はたばりも引合よりちとひろく切也《きるなり》。書様は手打を《(お)》く程に袖を残して詠字を書也《かくなり》。上は一寸一二分さげて書也。詠字と題とのあわひ《(は)》に姓名をば書也。公家様の御懐紙は実名《じつみやう》、当官《たうくわん》、兼官《けんくわん》、位等を書《かく》間《あひだ》、題の字のほとり程にさし上《あげ》ても書也。あまりに兼官《けんくわん》おほきには、折《をり》入て書也。たとへば春ならば、

春日同詠三首和歌
　権大納言兼武蔵相模守藤原　某
梅花
哥は二行七字に書也。或は、
春日同詠梅花和謌
　正二位権大納言源　某

など丶書て、二番めの哥より題字を書《かく》もつねの事也。
一首の哥の時は、はし作《づくり》には題をば書入ず。
春日同詠一首和哥など丶書て、題を書て、三行三字にかく也。たとへば、

むめのはなそれとも
みえすひさかたのあま
きるゆきのなへてふ
れ丶は

如此也。文字く〔ば〕りの様《やう》によりて書、はての三字には、真名《まな》字を一加《ひとつくはへ》て、三字にも書也《かくなり》。

一、如法《によほふ》の内々会等には、三首の題の時は二行づ丶にも書也。さ様の時は、姓と実名ばかりも書也。或は、七夕等の懐紙の時は、紙を続《つづけ》て書なり。はし〔作《づくり》〕は同事也。
秋日同詠七首和謌など丶書也。

一、若《もし》、主君、又、上《じやう》らう《(ふ)》の御懐紙引合なる時は、誰も同用也。たけをみじかく切《きる》に及《およば》ず。

一、僧、〔小〕人などは、同詠とは不書也《かかざるなり》。詠何首和哥と書て、名を書也。僧号人《そうがうのひと》は、僧正と〔も〕僧都とも法印など丶も書て名のりまで也。ちごは、なにがし丸と書也。哥の文字くばりは、皆同事也。無官の僧、法師は実名ばかり也。

一、女房の懐紙は、重《かさね》たるうす様《やう》を、下絵は当季を書べし。或は、はくだんしなれば、下絵はそれも当季也。一重也。

たとへば、

梅が※えにきゐる

うくひす春

かけて

なけともいまた

ゆきはふり

つゝ

如此《かくのごとく》書《かく》也《なり》。題の字をば、かゝぬ事也。只《ただ》、其題次第に哥を書まで也。

上也

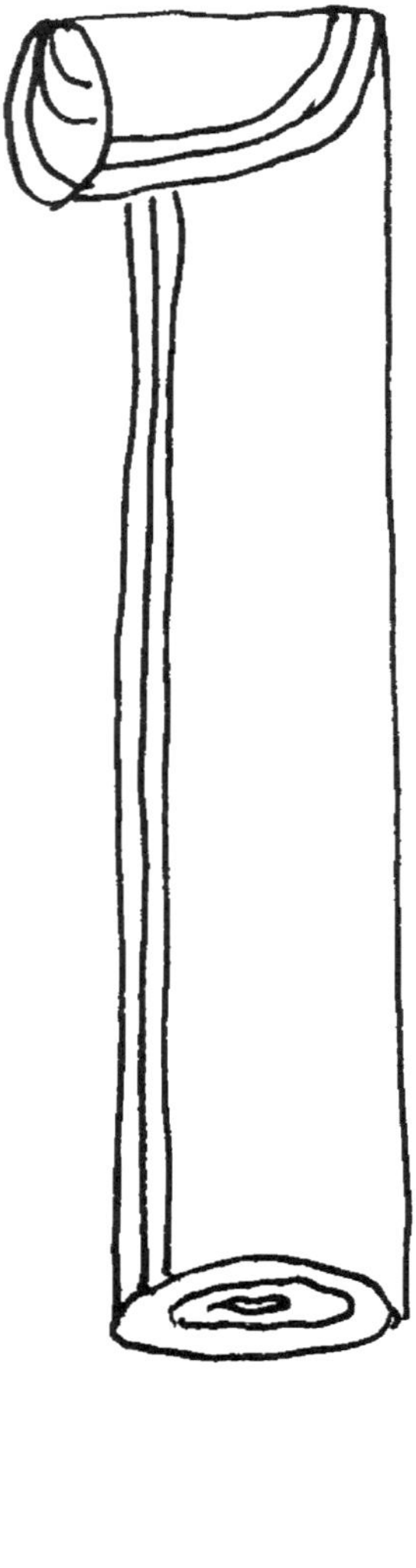

一、女房の懐紙は、巻《まき》たればやがてひろごるはわろし。かたく巻《まき》て、上を一寸ばかりを《(お)》きて、折目を三ばかりにしわをたゝむ也。たとへば、かくのごとく、

〈※前頁ノ図〉

一、懐紙の様にて、為世方と為相方は見えわかる也。為世門弟は、如女房の懐紙《にようばうのくわいしのごとく》たゝみて、折目を付る也。為相方の門弟は、さのみつよくは不巻也《まかざるなり》。文台《ぶんだい》に打を《(お)》きたれば、巻目《まきめ》の少《すこし》ほどくる様《やう》にしどけなく巻《まく》也。是は定家〔卿〕の口伝也。又、和哥と云字も、為世方には必《かならず》歌、此字を被用也。為相方には、謌をも歌をも通用也。これも定家卿の懐紙をまなぶと云々。勅撰の和哥の字は皆、歌此字を書云々。為世方の説也。但《ただし》、俊成卿の自筆の千載集には謌、此字をかゝれたり。

一、文台ならぬ時哥を講　時《かうずるとき》は、或《あるい》は硯のふた、或は扇の上などにても可講也《かうずべきなり》云々。西行上人の書たる物には、芝居《しばゐ》等の哥講には、文台などは比興事《ひきようのこと》也云々。草木の枝などの上にを《(お)》きて講ずべしと書《かけ》り。懐紙を文台にを《(お)》く次第は、下らう《(ふ)》次第にもを《(お)》く也。其座の躰《てい》に可随也《したがふべきなり》。

一、哥を講時の事

歌を重ぬる事をば講師《かうじ》のする事也。座上の人又は宗匠のする事也。かたはらに座して懐紙を見て、下らう《(ふ)》次第に重《かさね》て、上らう《(ふ)》次第に上に重ぬる也。官位次第也。さてを《(お)》し折て後、講師参て、文台の前にしきたる円座《わらふだ》の上に居時、人々すゝみよりて後に、読師下なる懐紙を引出てを《(お)》しのして、哥の頭の方を講師の方にしてを《(お)》く時、講師のびあがりてよみあぐるなり。其よむやうは、春日同梅花といふ事をよめるやまとうたとよみ上て後、作者の名をよみ上て後、題をよみてやがて哥をよみあぐる也。哥を

ば一句〳〵よみきり〳〵よみ上《あぐ》べし。しづかに文字にうつる也。

梅の花それとも見えす久かたの
あまきる雪のなへてふれゝは

如此《かくのごとく》よみきるべし。其後読師《とくじ》哥を詠吟《えいぎん》に付て一同に詠吟する也。末座の人などは、あながちに不可詠吟《えいぎんすべからず》云々。声よき人ならば、雖末座《まつざといへども》可吟云々。其後は題をばよみ上《あぐ》べからず、只《ただ》名と哥ばかりをよみ上《あぐ》る也。或は、上座の人の哥、又はよき哥をば読師はからひてたかく吟《ぎんじ》、又は数度も吟也《ぎんずるなり》。

一、当座の探《サグリ》題等の哥は、たんざくなればあながちに式あるべからず。それも読師・講師は有べし。何さま懐紙のみだれなどしたる時は、必《かならず》読師の人のなを《(ほ)》す事也。努々《ゆめゆめ》講師手を付《つく》べからず。又哥はつる時の哥をばよみ上《あぐ》るまでにて、講師はいそぎ〳〵退出也。詠吟の人〳〵ばかり残《のこり》て吟《ぎんじ》はつる事也。

一、人のもとより哥をえたるには、遅々《ちち》してよからんよりは、わろくとも早《はやく》返しはすべし。哥も連哥もしかけられたる時は、いかやうにも返しをもよみ付もせよと也。

一、女房などの、しれて哥をよみかけたるには、先《まづ》きかぬ躰《てい》にて、を《(お)》し返して云かけられたる時、何と仰候《おほせさうらひ》つるなど、そらきかずして、その程に返しを案じてよめと也。女房はすべてさは〳〵ときこゆるやうに物をばいはぬ事也。されば、返々問聞《かへすがへすとひきく》もくるしからぬ事也。暁の別《わかれ》のきはなどに女に哥をよみかくる、こは《(わ)》づくりは至極《しごく》の大事といへり。まして女は、ことにいきのしたに云出間《いひいづるあひだ》、能々《よくよく》とふべき也。如此の時、哥を云《いひ》かくるには故実《こじつ》有也。けさう文《ぶみ》の哥も、こと葉を書《かき》そへたるには、たとへば後朝《きぬぎぬ》などの文に、あけくれのおぼつかなさ、夜ふかきかごともおほせまほしき、かねの声のあはたゝ《(わ)》しさ、中〳〵にいふべきかたのなきにこそ袖の別《わかれ》はしほりそへつれ、などゝ書つゞくる也。ことばと哥とのけぢめを書《かき》きりたるは、うたてしき事也。源氏のこと葉も、哥のさかひのなき様にかきたるにや。すべてけさう文《ぶみ》のこと葉かゝりは源氏をまなぶべしと云り。

一、哥の返しをするは、其哥の心よりも猶《なほ》まさるさまの躰を返《かへす》べしと云り。たとへば、人を思ふ袖の涙の玉をなすと云哥あらば、返しに、

おろかなる泪《なみだ》ぞ袖の玉はなす我はせきあへず滝つせなれば

如此の趣に返すべき也。

一、人のもとへ一首をつかはす哥には、おくにわが実名ばかりを書《かく》事也。

一、白紙と云事

いかなる達者上手も、哥によみをくれ《(お)》たる当座《たうざ》によみ出《いだし》かねたるには、白紙のまゝにてすて、退出《たいしゆつせ》ば口惜事云々。如此の時は、口伝《くでん》有也。其題に相叶《あひかなひ》たる古哥を書て、わが名をばかゝずして出すべしと云り。又は、題の心に似合たる古哥を書て、か様によみたりし昔の人も有けりなど、も書《かく》と云々。又其題の面《おもて》に、於愚詠《ぐえいにおいて》は追可進《おつてしんずべき》也と書《かく》も一すがた也と云々。これらは基俊・俊頼等の先達の口伝也。是を白紙の哥よむとは云也。はれの哥大事の哥など詠《よむ》には、其前の夜《よ》るひるは女会大酒等を可略云々。

一、当座哥《たうざのうた》四五首もよむ時、初取向《はじめてとりむかひ》つる題の哥、更に風情うかびがたきをしゐ《(ひ)》て沈思すれば、残《のこり》の哥をもよみをくるゝ《(お)》也。さやうの時は、余題を一二首もよみ出て後、以前の題に取かゝれば、風情を得

る事常の事也。定家卿のをしへには、かやうの時は先《まづ》させる心も風情もなき哥なりとも一二首よみて後、心静《しづめ》て風情をもとめよとてをしへ給《たまひ》たる。我等はかやうに、もう〳〵として哥の案ぜられず、風情も難得時《えがたきとき》は、面白（し）と心にしみたる古哥を二三首も詠吟して心をすませば、哥心になる也。

一、兼《かね》て、はれの哥をも哥合をもよむ時は、代々集《よよの》又三十六人の家集以下文書をもひろく披見《ひけん》すれば、雪月花の必々《かならず〳〵》哥の力出来《いでくる》也。相構《あひかまへて》、哥よみは、かならずしも題にむかはぬ時も心を古風にしめ、折節《をりふし》、風雨草木の躰を心にしめよと也。連哥せんずる所にまかるにも、詩哥のおもしろきを心にしめてまかりたる其座にては、随分《ずいぶん》の句もせらるゝ也。早哥《さうか》うたひの重阿《じゆうあ》が申《まうし》は、家を出る時我があひてうしを空てうしにしめつれば、よくうたはるゝ也。俄《にはか》にてうしをとれば、しまぬ也と申《まうし》き。是哥連哥のためよき古実《こじつ》也。

一、当御代にては、源氏の人は源の姓をば略して只《ただ》官位と実名ばかりを書《かく》也。御所御同姓なる故に恐《おそれ》中（す）よし也。

一、前官の人は前のなにがしとも書也。たゞし、大臣よりはじめて四位五位の人々も、前官に成たるは散《さん》位《ゐ》某と書《かく》べしと云々。当官の程は、其官を書《かき》て　姓と実名を書也《かくなり》。先《まづ》官に成《なれ》ば、位と実名と書《かく》がよき也。或《あるいは》従二位下とも従五位上とも従四位下などゝも其位に随《したがひ》て書也。

一、先に申《まうし》つる読師《とくじ》の事、懐紙をば下官《げくわん》〔位〕の下《げ》らう《(ふ)》を下にして、其次〳〵より次第に重上《かさねあぐ》れば、上臈《じやうらふ》の懐紙は一の上に重《かさな》る也。其後披講《ひかう》の時は、一の下に重《かさね》つる下らう《(ふ)》の懐紙を引出して講じて後、又其次〳〵の懐紙をさきのごとくに引出《ひきいだし》〳〵講ずる也。上らう《(ふ)》の哥は、末に講間《かうずるあひだ》を《(お)》のづから上に重《かさな》る也。

一、短冊などの時、我名を書に、異形《いぎやう》〔草《さう》〕の字に書事《かくこと》は、尾籠《びろう》の事也云々。今程の人〱、おほく如此《かくのごとく》書《かく》歟、無勿躰事也《もつたいなきことなり》。我実名をば見安き様に真《しん》に書《かく》事也。和字《わじ》に書加《かきくはふ》る真名字《まなじ》をばあまりに〔草《さう》〕には不可書《かくべからず》云々。行《ぎやう》字を可用也《もちゐるべきなり》。定家卿口伝也《くでんなり》。哥を書様《かくやう》もよみよかるべき様《やう》に書《かき》つゞくる事也。よみにくき様に書たるはよみあぐる時、其哥のわろくきこゆる間、哥のためあしき也。たとへば、

なにはつにさくやこのはなふゆこもり
今ははるへとさくやこのはな

か様に書《かき》つ〔ゞ〕くべき文字を書切《かききる》がよみにくき也。又、和字に書加《かきくはふ》る真名《まな》は、送《おくり》がなと云やうにかゝねば、よみあやまりの有也《あるなり》。さやうの字をば、たゞかなに書《かく》べき也。真名に書《かく》には、送がなを必々《かならずかならず》書べき也。たとへば、

忍れど色に出にけり我恋は物や思ふと人の問《とふ》まで

忍ぶをば忍びともよまるれば、忍ぶれど、書《かき》そふるをおくりがなとは云也。我恋《わがこひ》はを我れ恋はともよまるれば、我がと書加《かきくはふ》べき也。思《おもふ》と人のとふまでを、思ひと人のとふともよみわたるべければ、如此《かくのごとく》真名には送《おくり》がなを書べき也。我れ、我が、誰れ、誰が、如何《いか》に、如何《いか》で、如何《いか》が、如此の文字は、を《(お)》くりがなを書べし。さなくば一向《いつかう》に和字《わじ》に可書也《かくべきなり》。

一、講師《かうじ》の題をよみ上《あぐ》る事

梅花風　山花盛　落花など〻云題をば、ばいくわの風《かぜ》、さんくわさかりなり、おつる花、如此《かくのごとき》の題をば、やわ《(は)》らげてよみあぐる事も有也。たとへば、梅花風をば、むめの花の風とよみ上《あげ》、山の花さかりなりとよみ上《あげ》、落花をば、おつる花とよみあげずとも、只落花《ただらつくわ》と真名よみにもよむ也。題のやうによりて、やわ《(は)》らげてもよみ、声にもよみ上《あぐ》べき也。まことしき御哥（の）時は、如此《かくのごとく》声のよみをば皆やはらげてよむ也。内々の会には、あまりにやわ《(は)》らげね共《ども》よむべし。山月欲出など〻云題をば、山月出《いで》なんとすとよみ上《あぐ》べき也。

一、春日同詠梅花和謌と書たるをば、はるの日《ひ》おなじくむめのはなといふ事《こと》をよめるやまとうたとよむ也。詠の字をば、よめるとよみあぐる也。いふことをとは、よみそふる言也。

一、述懐《しゆつくわい》、懐旧《くわいきう》などをも和《やはらげ》てよみあぐる也。おもひをのぶとよみ、ふるきをおもふとよむべし。

一、神祇《じんぎ》・釈教《しやくけう》などをば只《ただ》声のよみに読《よ》み上《あぐ》べし。

右初心の輩《ともがら》のため是《これ》までは注付畢《しるしつけをはんぬ》。委細《ゐさい》は宗匠《そうしやう》に能々可尋申《よくよくたづねまうすべき》也。会のさほ《(ふ)》うとて明月記《めいげつき》にくはしく仰られたるを御口伝《ごくでん》を可得《うべきなり》也。如此事は、其門弟にあらざればゆるされぬ也。三代集の口伝をつたへたる人も、我一子《わがいつし》などなればとて、自由にはをしへぬ事也。いくたびも其身に直伝《ぢきでん》を可申事云々。奥書は其人に向《むかひ》て給間《たまふあひだ》、父が口伝とて宗匠を伺はぬは物をしらざる也。

一、和にも漢にも才学《さいがく》は有《ある》べき事也。さればとて、を《(お)》のづから我聞得《わがききえ》、見出《みいで》、又口伝《くでん》したる事を知《しり》がほに、いかゞして哥にも連哥にも早く仕出《つかまつりいだし》て、我高名《わがかうみやう》に人に思わ《(は)》れんとて、更に不似合事《にあはざること》に才学を出《いだ》す事、へたの所行《しよぎやうと》云々。いかなる才学を云出《いひいだし》たれども、其哥其連哥の心様《こころざま》の肝要《かんえう》ならざるは、金を土に成《なし》たると同事《おなじことと》云々。知《しり》たる高名には更にならぬ也。金玉《きんぎよく》に造出《つくりいだし》たるを為高名《かうみやうとす》云々。如《かくの》此《ごとき》才学は、いかに先立《さきだち》てへたどもの云《いひ》ふるしたれども、上手の仕《つかまつり》たるは、ひた新しく聞也《きこゆるなり》。是則詮《すなはちせん》をよく取故也《とるゆゑなり》。詠哥一躰《えいがのいつてい》やらんにも見えたり。あはれ、あたら才学《木歟》をと仰られたるは、則如此の事をいたづら言《ごと》になしたる事也。する事のかたきにあらず、よくする事の難也《かたきなり》とは是也《これなり》。

一、初心の時、題の哥をば毎人《ひとごと》大事に思《おもひ》て、前《まへ》うたかひする也。哥の題と云、こなたよりもとむべき物ならばこそ大事ならめ、題のまねくに任《まかせ》て、落花とあらば花のちるがお《（を）》しきとも、又面白共《おもしろきとも》、みるまゝに思ふまゝを心一《ひとつ》を云《いひ》あらはさん事やすき也。或《あるい》はよくよまむと思《おもひ》、或《あるい》は同類《どうるい》をのがれむと思《おもふ》がわろき也。いかなる上手も、よき哥を任心《こころにまかせ》よみ出事《いづること》は努々有《ゆめゆめある》べからず。一生涯よめども、一首もよき哥よまざる人も有也。最《もつとも》初心の時なれども、一首によき哥よむ事も有にや。

鶯はなどさはなくぞ乳《ち》やほしきこなべやほしき母や恋しき

此哥は七子《ななつのこ》のよみける哥なるべし。心の至《いたり》金玉也。又よき哥一二首よみ出《いで》たる人も、其後はよき哥よまざる人もおほかるとかや。されば必しも金玉《きんぎよく》ならぬ哥よみも、数哥よみぬれば哥人と云也。よき哥一首ばかりにて数哥なき人は、哥よみの号なき也。必しも人に哥よみとも上手ともいはるゝを詮《せん》とすべからず。を《（お）》のれが心に面白くおもひ心をなぐさめ、人数《ひとかず》に加《くはは》るをやさしとは云也。さればむかしより最《もつとも》上手と云人は、百人の内外也。いく千万の哥よみか有《ある》らめども、其中にぬけ出たるは少《すくなき》なり。おほけなくよき哥よまざらんには、よみて無益也《むやくなり》など、云人は、真実に色もなく心底《しんてい》のきたなき人の所行也《しよぎやうなり》。生得不堪《しやうとくふかん》の人の哥よむべき様とて、定家卿のをしへられたるは、遠白《とほしろ》き躰《てい》と云一躰《いふいつてい》をよめとをしへられたり。遠白《とほしろ》やうと云《いふ》は、あながちよくもなく、あしくもなくて哥めきたるさま也。されば我と同類を用捨《ようしや》も無益也《むやくなり》。よみもてゆけば、其中にて撰者のはからひて集には入《いる》る也。よまずしては集に入事《いること》あるべからず。凡《およそ》集に入る事は品々有《あり》と云々。一《ひとつ》には上手堪能《じやうずかんのう》の人、二《ふたつ》には重代《ぢうだい》の人の子孫、三《みつ》には時の出世の人幷《ならび》に志《こころざし》の深重《じんぢう》の人々、是等にて可思《おもふべし》云々。遠白《とほしろ》き哥のかゝりは、代々集《よよのしふ》の哥を心に入《いれ》て朝夕みれば、を《(お)》のづから哥すがたはよまるゝ也。相構《あひかまへ》て、生得《しやうとく》の口にて調法《てうはふ》の有人《あるひと》の哥かゝりを浦山《うらやま》しく思《おもひ》て、まなぶまじき也。哥も連哥も座劫《ざこう》だに入《いり》もてゆけば、如何《いか》なる不《ふ》堪《かん》の人も終《つひ》に身づからさとりうる事も有と中候也《まうしさうらふなり》。願《ぐわん》として成就《じやうじゆ》せずといふ事なしとは、哥連哥の志かとも存也《ぞんずるなり》。人の恋しき時、恨めしき時は、別《べち》に哥の風情なし。只《ただ》其時の我心を云出すに、恋の哥はを《(お)》のづからよまるゝ也。恋するに哥よまぬ人なしと云は是也。雪月花等の哥は、其折節《そのをりふし》〳〵の躰を見るまゝ思ふまゝによまむ事、何の煩《わづらひ》か有《ある》べきなれども、おほけなくよき哥をのみよまんとする事、則《すなはち》へたの意地《いぢ》也。人の事をば知侍《しりはべ》らず。了俊は十六七の比《ころ》より、などやらむ古哥の面白くて心にしみし間《あひだ》、よくよまんとまでは不存《ぞんぜず》、只《ただ》よみもて行《ゆき》し也。故為秀卿の仰られしは、諸能《しよのう》も、或《あるい》は師匠、或《あるい》は親にせがまれて、心ならず稽古する程に、終《つひ》に我《われ》と面白く成期有《なるごあり》と仰られしかども、於了俊《れうしゆんにおいて》は三十一字を如形《かたのごとく》つゞけざりし時より、哥の面白かりし也。さるは、金玉のかゝりをもわきまへずして面白《おもしろし》と思《おもひ》けるは、前世の宿執《しゆくしふ》にや侍《はべり》けむ。十六歳にて侍し時やらん、経信卿《つねのぶきやう》をまぼろしに見たりしに、哥をば必《かならず》人のよむべき事也とほのかに仰られしを、夢ともうつゝともなくて見《み》き、しより、いとゞ心をはげましき。如此条々《かくのごときでうでう》、若偽《もしいつはり》を申《まうさ》ば、住吉玉津嶋の明神の御罰を可《かうぶ》蒙《るべし》。されば我と納得の期有《ごあり》と仰られし事は人によるべき歟。

一、連謌事

連哥の前句《まへく》は哥の題と同事也《おなじことなり》。前句に相叶《あひかなひ》たる句を仕《つかまつり》たりとも、似合《にあは》ざらん句は、哥の落題《らくだい》と同《おなじ》事也《ことなり》。哥も題には叶《かなひ》たるは大すがた也。心にても風情にても、一《ひとつ》とりつめてよまざらんには、留通物《るづうもの》にて有べき様に、連哥も寄合《よりあひ》を題にて、句の心はひとり立《だち》にすべきなり。寄合には云叶《いひかな》へたれども、我一句立《いつくだち》の心なくては云《いひ》ながしと云躰《いふてい》に成間《なるあひだ》、わがしたる本〔意〕のなきにて有べき也。前の句にはひしと一具《いちぐ》にて、心は又新《あたらし》きを我句と可存也。よくりうかけい（柳下恵）をまなびて其跡を師とせずと云《いふ》がごとくに、連謌もよくつきて、しかも別《べち》に造立《つくりたつ》べき也。昔の連哥は、寄合ばかりにて別《べち》のすがたなし。今の連哥は我一句立ばかりにて、前の句によらぬ也。能々《よくよく》心を静《しづめ》て思案すべし。第一に、今程の連哥のいかゞとおぼゆるは、たとへば、和漢の文書《もんじよ》ども山のごとく取重《とりかさね》て持《もち》たりとも、我才学《わがさいがく》にならざると同事也。物知連哥《ものしりれんが》ばかりをいくらしたりとも、我物《わがもの》にはならぬ也。文書は取あつめずとも心より出《いで》たる句は、よくもあしくも我具足《ぐそく》にて有べきなり。哥と連哥とは更に別《べち》の物と、無思案の〔人は〕存也《ぞんずるなり》。あさましき事也。謌と連哥の替目《かはりめ》と云《いふ》は、哥には五七五七々の中を心一《ひとつ》にて云終也《いひをはるなり》。連哥は五七五に心一《ひとつ》、七々に心一云出《いひいで》て一句の結《むすび》とする也。是ならでは替目《かはりめ》なかるべし。

昔連哥にも、

　さ夜ふけて今はねぶたく成にけり

と云句に、

夢にあふべき人や待《まつ》らん

と付《つけ》たるは、前の句にも似合《にあひ》て、我らの一句の心も別に構《かまへ》たる也。これこそ連哥の本意《ほい》とは聞えたれ。

ちはやぶるかみをばあしにまく物か

と云句に、

これをぞしもの社《やしろ》とはいふ

と付たるは、寄合《よりあひ》にはしたしけれども、一句立に其事とは不聞《きこえざる》也。か様の句も自面《じめん》はつかぬやうなれども、心根《こころね》だによくめぐりて付《つけ》たれば、寄合なけれどもよき句と申《まうす》べし。たとへば、口きゝ言《ことば》きゝていくらも物を云《いふ》とも、心の無正躰人《しやうたいなきひと》の、筋目《すぢめ》もなき事いひつゞけたると同事《おんじことなり》也。言《ことば》もきかず、或《あるい》はことゞもりのやうに思ふ事をもいひとづけねども、心の底はづかしげなる物のよしあしよく心えたる人の如し。心だに底にあれば実《げ》には叶也《かなふなり》。所詮《しよせん》、風情《ふぜい》を得ざる人は、こと葉にて上手《じやうず》げにする也。それは哥連哥の本躰《ほんたい》をわすれたる事とふかく可存也《ぞんずべきなり》。心の不足なる連歌し哥よみのくせに、言《ことば》おほくふしおほき也。詞もあまりに一理《いちり》を云《いひ》あらはさむとよむには、品のすくなくなると云り。こと葉にはいひ残して、其心をよみあらはすは又大事也。哥も連哥も言少《ことばすく》（なく）て、理も心も深《ふかき》をせんとたしなむべし。連哥にはいくら物を取入《とりいれ》たりとも、事一《ひとつ》を詮《せん》と取つめて、余の具足《ぐそく》をば目にかけずつくるは上手のわざ也。へたはこと葉毎《ごと》ふし毎《ごと》にあひしらはんとする間、品もなくふしくれだつ也。

奥書云

愚老が存知《ぞんち》之旨《のむね》并《ならびに》師説等不可過之《これにすぐべからず》。此七帖中、おろかなる庭訓《ていきん》とおもふとも、心を静《しづめ》て可披見《ひけんすべし》。を《(お)》のづから得分《とくぶん》に成《なり》、可得力事《ちからをうべきこと》可出来哉《いでくべきや》。

応永十三年五月日　　徳翁在判

今年となりて更に手内不叶之間《かなはざるあひだ》、心の行処に筆の不及間《およばざるあひだ》、此一両年《このいちりやうねん》以前《いぜん》の筆跡に以外《もつてのほか》ちがふべき也。あはれなる事也。

是は或仁の師説等又慥なる説を注云々、言塵外也

四季の衣の色事

春衣

一、柳桜の衣
五重には上二は青、下三は桜也。中一は匂にても八重の時は三重は青く五重は桜也。十重には三重は青く七は桜也。面は白也。紅の一重有べし。これを桜柳の衣と云也。

一、柳衣
面は白うらはこくうすく二重也。下へはこく匂也。又云、柳は下へこく桜は上をこく下へはうすく匂也。いづれも紅の一重。

一、桜衣
面は皆白うらはみなうす色紅の一重也。又云、うら匂にても同色にても候云々。

一、椛《かバ》桜衣
面は皆うす色紅の一重、又は面はうすすわう(は)裏はさくら、すわう(は)の匂は三白きうら桜匂也。

一、桜づくしの衣
樺さくら二白きさくら二、さくらもえぎ二紅の一重也。二色かやうの色は六きる事つねの事也。又云、

白桜は一にて残りは二つゝにもありて五もある也。
一、桜もえぎ衣
面うす青裏桜也。紅の一重、又云うす青二紫のこき三紅の一重也。是も桜もえぎと云也。
一、花桜衣
面はすわ《は》う裏は白、すわ《は》うの一重也。此衣をば夏はぼうたんと云、秋は菊と云也。春は花桜と云。
一、う〔す〕桜の衣
面皆白て裏はこきすわ《は》う也。青き一重也。又こき一重にもする也。
一、雪の下衣
白き二紅さくら紅など匂て青き一重、又まさりたる一重也。八にも十にも上二は白候也。五の時は一にても二にても心〳〵に候也。
一、二色と云衣は
春と冬の衣に有也。雪の下の衣は春の衣也。
一、藤のきぬは
卯月の衣也。菖蒲の衣もすりあやめの衣も四月より用也。つゝじの衣も四月の衣也。もちつゝじ　花たち花　卯の花　なでしこ　白なでしこ　ぼうたん　わかかえで　此きぬどもは四月と云々。

五月衣

菖蒲衣　かきつばた衣　花橘衣　あふち衣　よもぎ衣　白き衣　裏のなき也。

六月

一、重かさね衣、七月八月の十五日まで用也。連哥にはたゞ夏に可用歟。

七月より用衣は

女郎花衣　萩衣

八月一日より十五日までは、ひねり重を用、薄衣、八月十五日より九月八日までは綿入ざるすゞしの衣を用云々。

九月九日より綿の入たるすゞしの衣也。

　紅葉衣　菊衣也

十月一日より練きぬを用、十月の更衣と云也。

　かえで紅葉衣　青紅葉衣　菊衣　黄菊衣　白菊衣　うら菊衣　りうだん衣

一、大和国秋津嶋宮　孝安天皇の都也。

一、同国黒田宮

孝霊天皇都也。今は吉備津宮の御事云々。

一、同国磯城嶋宮　瑞籬宮同所云々

崇神天皇都云々、此御時定天神地祇

又鋳神璽宝剣等云々　璽

一、相撲を始行、又伊勢斎宮の始事、垂仁天皇の御時也云々、是は内宮の御事歟。

一、短冊をば上下にかうがひ《（い）》にて、しらけをかけて、上をば題書程《かくほど》、下をば名のり書程計《け》をかけて、計《け》の所を面《おもて》へ押折《おしをり》て、又中を一所折《ひとところをる》なり。又只上下同程《おなじほど》に二所を折てもする也。いづれも式はなき事也。相構て名のりの文字はたしかにみゆるやうに可書《かくべし》。早《さう》の字は尾籠《びろう》の事也。親王、大臣は判のやうに名をもかゝるにて可思《おもふべし》。書《かき》そんじたるをば、ゆびのはらをぬらしてを《（を）》しすりて其上に書也。口伝如此《くでんかくのごとし》。されども頓阿《とんな》などは刀《かたな》にてねんごろにこそげしかども、師説にはさはせぬ事也云々。

一、端にかき落《おとし》て候会紙を披講《ひかう》の後とぢ候には、会紙の奥をとぢ候也。文字の上にて候へども、刀のさきにてあはひ一寸ばかりへだてゝ、上下二所をあけてとぢ候也。たんざくを二結続て、広さ二三分ほどにて結目をば裏になして、面《おもて》に片結にむすぶ也。たとへば如此。

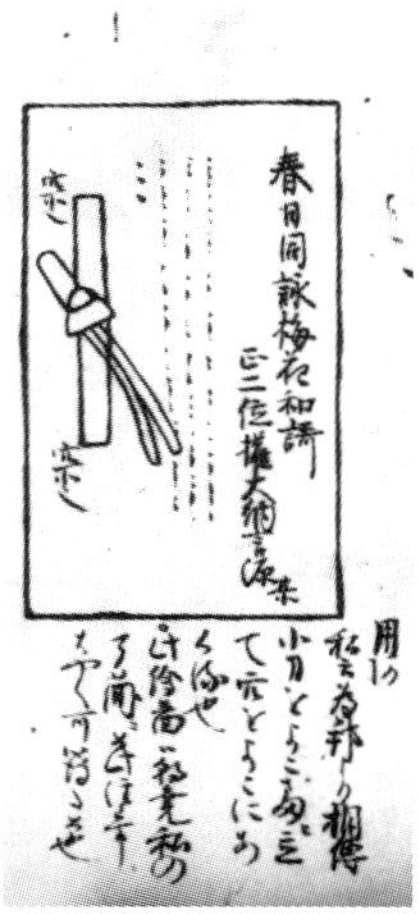

周阿

私云、為邦より相伝小刀をよこざまに立て穴をよこにあくる也。

○此絵図は朝竟私の了簡に如此注畢。はやく可心得ため也。

短冊の中を二重に折て、それを又二重に折れば、ひろさの程は二三分になる也。過候し比、或所の会紙に袖の方をとぢて候し為世の説云々。無口伝人《くでんなきひと》の知たるきそくかとみて候し也。裏書の年号をこそ袖の方には書候へ、又たんざくの裏書の年号に当座と日の下に書候をも、二条方には不審しげに候、是も今比の無口伝の輩の中げに候也。

一、草子書様は表紙の下の一枚をゝ《(お)》きて、其次の一枚のとぢ目の方より書初候云々。俊成卿・清輔朝臣なども申替られて候へども、定家卿の説は如此候也。代々集《よよのしふ》をば紙の袖の方より書初候。物語のこと葉をばとぢ目の面よりかき候と云々。

一、会紙の端作《はしづくり》をよみ上事《あぐること》は最初の一会紙ばかり也。其後々は只官位姓名ばかりをよむ也。題をば端作に書入たる次の題をもよみ上也《あぐるなり》。其次々の会紙は只名と哥とばかりをよみ上也。若《もし》文字をよみかねたらば、読師《とくじ》の貞《かほ》を守《まもり》て、読師のひそかに云《いふ》をそのまゝによむべし。故実也。又会紙を風の吹返し、又まくれたるをば読師のいくたびも直《なほす》可待也《まつべきなり》。講師《かうじ》の手かくる事努々《ゆめゆめ》有べからず。哥みなよみはてゝ後は、詠吟の人々ばかり残て詠間、講師はやがて退事也。一首よみあげて詠吟の間に、次の哥を静に見る事講師の故実也。

一、物語を哥の言にも取り、心をも取てよむには、伊勢物語・狭衣の物語・源氏物語・うつほの物がたり・大和物語等を用也。むねと詞を取る也。

一、説を用、支証とする事、範兼記・喜撰説・経信説・俊頼説・基俊説・顕仲説・俊成説・清輔説・定家説・顕昭説など也。是等みな抄物《せうもつ》に見えたり。此外古人の説いくらも侍れども用捨等在之。日本〔紀〕

は我国鏡なれば不及申《まうすにおよばず》。万葉集は和謌の根本なれどもあまたの説不同なる故に、そむかぬ正説を知事《しること》大事也。凡《およそ》は順が注第一也。俊成・定家・顕昭ばかり也。其後仙覚律師と云広才の物、号新点とてこと〲く注たり。其以前には未考の哥二百余首有けり。されども、新点をば俊鳥羽院の御代まではあまねく不用《もちゐず》。雖然《しかりといへども》、今連歌の寄合ばかりには毎人用之歟《ひとごとにこれをもちゐるか》。詠哥にはあまねくは不用也《もちゐざるなり》。万葉の哥を用事《もちゐること》は、定家卿の家には用哥を注出《しるしいだ》されたり。是《これ》を可為用哥云々。四百余首有《ある》にや。それも哥一首の中を用捨せられて、詞を貫出《ぬきいだ》されたる也。

一、会紙の所に申おとして候間、書入候。内々の会などには、只名のりばかり書て、哥をば二行にも書候也。略儀候也《りやくぎにさうらふなり》。

一、講師つとめ候には、或《あるい》は高年人、或は位たかき人の御名のりをば上の一字ばかりよみ上《あげ》て、次の文字をばよみけち候を礼とし候云々。

一、二条家・冷泉家の古今説相違事

一、富士の山の煙の不立、不絶の事

一、ながらの橋作、尽の事

此橋作事、嵯峨天皇御代大同六年歟。

一、王仁と王にとの事

一、作者の名、てうとうつくとの事

一、万葉時代の事

一、懐紙の裏に書候年号日付事、一下に重て候。下官などの懐紙の端書の方のうらに書候也。

右此言塵七帖者梅林庵主了俊御作云々。仍テ令メ二書写セレ之ヲ加ヘ二校合ヲ一畢ンヌ。尤モ可キレ為ス二此道ノ証拠ト一哉。殊ニ於テ二此御門弟一者可キ二秘蔵ス一者也。

文明十五年癸卯十月七日

研究

はじめに

本書は、今川了俊の述作で、最善本と考えられる「肥前嶋原松平文庫」所蔵の『言塵集』の翻刻とその研究である。南北朝・室町初期の武将、そして歌人として知られる今川了俊（嘉暦元年一三二六—応永二一年一四一四ごろ）は、為相に始まる冷泉家歌学の系譜において、それを正確厳密に継承し体系づけた人として評価される。了俊は法名で、俗名は貞世、号は松月軒徳翁。駿河・遠江国の守護となった今川範国の二男。足利氏一門として引付頭人・侍所頭人という要職を経て、応安四年（一三七一）九州探題となり、室町幕府の九州経営に成果を挙げたが、応永二年（一三九五）解任され、晩年は熱心な数寄者として和歌・連歌に関する多くの著作を残した。和歌を十代から祖母・範国に手ほどきを受け（『了俊一子伝』『了俊日記』）、また十六、七歳の時に京極為兼の養子為基の指導を得ており、二十余歳からは冷泉為秀の門弟となり、三十代には周阿・二条良基らから連歌を学んだ。七十代後半からは冷泉為尹（為秀孫）を擁護して冷泉歌学、歌風の宣揚につとめ、『二言抄』『言塵集』『師説自見集』『了俊一子伝』『了俊歌学集』『歌林』『了俊日記』『落書露顕』の歌学書を著した。

了俊の諸述作の特色は、武家名門の棟梁武将という自覚から規範意識が強く、伝授された冷泉家相伝の和歌文書や師説をきわめて厳格に受容継承していて、その資料的な意義が高いこと、和歌用語の取捨選択、替詞に役立つよう詳しく歌言を注記し、歌言や詠歌法を中心に実際的具体的な用心を説いていることである。了俊には歌学の正統な本流に連なっているという信念と自負があり、それを最もよく継承具現していると信じる冷泉家の歌論歌風の実相を広汎に発言しているところに和歌史上の意義を認めうると考える。その中から『言塵集』を取り上げて一書としたのは、次のような理由による。

まず、もっとも基本となるべき『言塵集』の上位本文を提供することである。次に了俊の歌書に共通して言えることだが、『言塵集』は『二言抄』以下の了俊歌学書と重複する記述も多く認められるが、それでもとくに和歌史、勅撰和歌集の風体の変遷、末代における和歌の在り方・詠法などに言及、了俊の歌学思想を広汎に手際よくまとめていて了俊歌学の全体を精細に知りうること、そして『言塵集』の内容は、その後、冷泉家の口伝として重視されるところがあったらしいことなどによる。

ところで松平文庫本『言塵集』には、同じ第一種本に分類した静嘉堂文庫本と同様、巻七の奥書の後に共通する付載事項を有している。その内容等については拙著『今川了俊の研究』において述べたところがあるが、とくに『了俊歌学書』の条文と共通するところがあり、『了俊歌学書』等に拠りながら追補したかと推考されるが、その内容を含め、追補した人物、追補した理由などについては、これからの課題として今後とも考えたい。

なお本書では、拙著『今川了俊の研究』の「了俊の歌論に関する資料」で発表したものに多少の増補を行っている。

執筆年次のこと

『言塵集』の述作年次については、その巻七の奥に、

奥書云

愚老か存知之旨并師説等不可過之、此七帖中おろかなる庭訓とおもふとも、心を静て可披見、を《お》のづから得分に成、可得力事可出来哉。

応永十三年五月日　　徳翁在判

今年となりて更ニ手内不叶之間、心の行処ニ筆の不及間、此一両年以前の筆跡に以外ちがふべき也。あはれなる事也。

とあることによって、第一次本（初稿本）は応永十三年五月に完成をみたものであり、その後も加筆したらしいことが判る。

また本書を述作したことの意図やその宛先などについても『言塵集』中に言及している。まず序文の末尾に、

謌連歌は一向に数寄ばかりにて、心にうかび言にいはるゝ計にては、更によまれぬ事も有間、物を広く見、遠く聞（き）たもつは力になる間、わづかなるむねの中の才学を書あつめて言塵と名付たり。如此の物をば心にしめて見おぼゆべき也。さればとて、よき事と心えて即時に云出さんといそぐは口

惜事也。を《お》のづから寄来事の出来の時、必さし合に成べきため也。今時の連歌しどものき、えたるをよき事といそぎて、人のせぬ前に我せんとするは、必下手の意地也。上手は寄来所にて用る間、人の口まねびにはならぬ也。才学は留通物也。我高名に非ず。風情はを《お》のれが高名に成間、其力になすべき也。

とあり、また「言塵集　上」の一（と想定される部分）の巻末に、

右任思出注付之間、前後不同歟。文字落、ひが書定多かるべし。此条々多分師説等也。且又路之辻之聞書也。和歌者依口伝分明に事を可詠也。連歌は雖無作例、前之句に可似合言は可用付歟。此事摂政家之御口伝如此、歌も初たる言も聞よくば、始ても可詠之由、定家卿口伝勿論也。此言塵集、讃岐入道法世平所望之間遣了。其後尊命丸依所望重注遣畢。又貞千頻申間、於証本少々書之。是には以前之条々用捨又書加事等在之歟。

とあることによって、師説や「路之辻之聞書」で得た才学を纏めて、讃岐入道法世以下にあてたものであることがわかる。しかも、「和歌者依口伝分明に事を可詠」というからには、師説・庭訓として述べているところは、為秀を経て口伝され相伝されたものと見てよいし、また一方自分の説（恐らく師説以外の、路辻等の聞書など当時の説を踏まえているのであろう）は、「私云」「私考」として明確化しているところに、他の了俊歌学書にも認められることではあるけれども、『言塵集』の注解では特に目立つ特徴となっていることを注意したい。

『言塵集』の宛書について触れると、まず讃岐入道法世については、既に川添昭二氏が考察しておられ

るように、今川氏の一族である。[1]「三宝院文書」によれば、応永五年閏四月廿八日、義満は尾張守護今川讃岐入道法世をして、尾張国国衙領千代氏名内重枝次郎丸渡残の地を三宝院雑掌に渡付せしめたとあり、また同七年には日向を料国となし、義満から預け置かれ（「薩藩旧記」応永七年七月六日）、同十四年には伊達山城守範宗と駿河国入江荘内三沢小次郎跡を争い、駿河守護今川泰範の裁決を受けている（「伊達文書」応永十四年九月三日）。文雅に篤かったらしいことは、了俊の述作した歌書中最も大部な『言塵集』を「平所望」して遣わされていることが証左している。

その後、尊命丸が所望したために重ねて注し遣わしたという。この尊命丸については、『言塵集』諸伝本のうち、承応刊本・書陵部本・広島大学本（稲田利徳氏の命名によればA本。広島文理科大学図書四七四六）には「小田正清事」と傍書があり（なお、国会図書館本は「法世」のところに「小田正清事也」と傍注している）、静嘉堂文庫本では、さらにその上に「小田正徹也」と注記されているが、これらの傍注をも含めて検討された稲田利徳氏の考察によれば、「尊明（命）丸」は「正清」、即ち「正徹」と同一人物であることが確認されている。[2]正徹は時に二十六歳で、既に前年『西行上人談抄』など六部の歌書を了俊から与えられており（京都大学付属図書館蔵平松家旧蔵「西行上人談抄」識語）、更に了俊との交誼を示す資料は応永九年に遡り得（『正徹物語』の東山花見の記事）、また同十年前後に二人の行動を物語る資料が集中していることは、井上宗雄・稲田利徳の両氏が明らかにされている。[3]

正徹が『言塵集』を通して享受したと推定されるものを『正徹物語』の中に余り拾うことはできないが、その一端を摘記すれば、

○上四○　了俊の書き給へる双紙にも「ますらを」ははしの「を」をかき侍る云々
○上九五　講師のこと↓「一、哥を講時の事」以下（『言塵集』第七）
○下一一　或所の七夕の会で、頓阿が経賢に鵲をよむべきことを教えた条で、「か様に二条家には少しも異風なる事を嫌ふ也」云々↓「頓阿法師云、七夕鳥と云題にてかさゝきの外不可詠と申き、比興の事也」（同・第四）
○下一三　「懐紙を重ねるが第一の大事也……」↓「一、哥を講時の事　歌を重ぬる事をば講師のする事也……」（同・第七）
○下七六　「初心の程は無尽に稽古すべき也（中略）初めから一首なりともよき哥を詠まんとすれば、一首二首も読まれず、遂に読みあがる事も無き也……」↓「雪月花等の哥は、其折節〳〵の躰を見るまゝ思ふまゝによまむ事、何の煩か有べきなれども、おほけなくよき哥をのみよまんとする事、則へたの意地也……」（同・第七）
○下八三　「一首懐帋は詠の字の下に題を書く也……」↓「一、和謌懐紙事……」（同・第七）
○下八四　「哥は極信に読まば、道は違ふまじき也。されどもそれは只勅撰の一躰にてこそ侍れ……」↓「其（続後撰集）以後の集は皆撰者たちの私曲交りて、ひたすら一躰におもむきけるとや。すべて和哥はおほけなく十躰をみなうかゞひ、広く道におもむくべしと也……」（同・序）
○下九三　「初心の程は先づまじはりを取り哥を詠むが最上の稽古也……」↓「哥も連哥も座劫だに入もてゆけば、如何なる不堪の人も終に身づからさとりうる事も有と申候也……」（同・第七）

※「正徹物語」の引用は日本古典文学大系本により、同本に便宜的に付された段落わけの番号によって掲出した。

というような例を認めることができよう。しかしながら『正徹物語』が彼の晩年の回想といわれ、しかも打聞的な性格を有することなどを勘案するならば、関連する幾つかの記事からだけで師承の実態を推し量るのは早計というべく、実際には歌道修練期の正徹に了俊の言説・性格が広く色濃い影を落したであろうことは想像に難くない（二人の師事過程については稲田利徳氏「正徹と了俊―師事過程と歌書相伝をめぐって―」『国文学攷』五四号、昭和四五・九に詳しい）。

了俊の記すところによれば、『言塵集』は更に「貞千」なる者の申出により、証本に基づいて少々書いたという。「貞千」の「貞」は松平文庫本では「興」又は「奥」にやや近い書体であるが、他の伝本は総て「貞千」（但し、国会図書館本は「貞平」とする）とよめるので、ここでは一応「貞千」としておきたいが、現段階では、了俊の周辺に、これに該当する人物を見出し得ていない。いずれにしても第二・第三次の書写・改訂をしたらしいことが考えられるのである。

伝本のこと

『言塵集』の伝本は必ずしも少なくない。一般には承応三年版・寛文四年版の板本として流布し、刊本としては、承応三年版を底本に、上野図書館本（現国会図書館本）・山田孝雄氏蔵養徳筆本（所在未詳）で校合した正宗敦夫氏校訂の『日本古典全集』所収本（昭和一三年五月日本古典全集刊行会）がある。ただ、成立のところで触れたように、本書は幾度かにわたって執筆したもので、讃岐入道法世以下に与えているが、その中には、貞千に与えた場合のように、「是には以前之条々用捨又書加事等在之歟」と断るような内容のものもあったもののごとく、諸本間の本文異同は必ずしも単純ではない。

本文の比較検討は単純なことではないが、本書では、『日本古典全集』所収本の本文に拠りながら考察を加え、記載事項の異同を主たる基準として、管見に及んだ諸本（写本）を分類すると、大体次のごとく四類二種に分けて考えることができるであろう。

第一類

第一種

①静嘉堂文庫蔵四冊本（一〇四・四四）

題簽は「言塵（一之二　源貞世鈔）」〈下部欠落のため、括弧内に第二冊以下のそれによって推定。なお、以下の題簽を示せば、次のごとくである。「言塵　三之四　源貞世鈔」「言塵　五　源貞世鈔」「言塵　六之七　源貞世鈔」〉と記して左肩に貼付。縹色の無地楮紙表紙。二八・九×二一・二糎。本文料紙水色楮紙の袋綴。墨付は第一冊四十三丁、第二冊三十九丁、第三冊二十七丁、第四冊三十八丁、ともに一面十二行、一首一行書き。また各冊ともに朱筆で単線を加える他、校合・書入れ、墨による校合が認められる。室町末写。印記「静嘉堂蔵書」「田中本」。

②肥前嶋原松平文庫蔵二冊本（一一七—八二）

題簽、左肩、「言塵抄　乾（坤）」。内題「言塵集」。二七・一×一九・五糎の楮紙袋綴。表紙は縹色牡丹唐草雷文つなぎ模様押型。上巻は（序）・一より四まで、墨付百七丁、下巻は五より七までで墨付百六丁、ともに一面九〜十行、和歌一首一行書き。印記「尚舎源忠房」「文庫」。文明十五年の古写本で諸本中最古。注目すべき最善本であり、本書に収めた。

第二種

③国立公文書館内閣文庫蔵二冊本（二〇二・七）

縹色鳥の子表紙、左肩に「言塵抄　上（下）」と外題。内題はないが、序の後に「言塵集　一」とある。二八・五×二〇・〇糎。袋綴。本文料紙鳥の子。上巻は（序）・一より四まで墨付百二十三丁、下巻は五より七まで墨付七十二丁。ともに一面十行、歌一首一行書き。江戸初期写。印記「浅草文庫」「江雲渭樹」「林氏蔵書」「昌平坂学問所」。

なお前述のごとく、応永十三年云々の年記の後に、「今年と成て更手内不叶之間……」という奥書があり、さらに三丁にわたって以下のような追補がある。

一、短冊をは上下にかうがひ《（い）》にてしらけをかけて……

一、端に書落て候会紙を披講の後とぢ候には……

という二条は、松平文庫本・静嘉堂文庫本の付載事項の中に見え、それに続いて懐紙の結び方の図解と注記がある。これらの記述は穂久邇文庫本（後述）の付載事項とほぼ同じで、後人の追補と考えられるが、これは『了俊歌学書』中の条項とほぼ一致する。内閣本・穂久邇本に共通するこのような追補が存することは、この部分のみが『了俊歌学書』から抄出されて流布していたことをうかがわせる。

④宮内庁書陵部蔵二冊本（五〇一・八一一）

禁裏本。題簽、左肩に霊元天皇宸筆で「言塵集　上（下）」。二八・二×二〇・五糎の楮紙袋綴。表紙薄黄緑地に白緑の七宝つなぎ菱文様の中に花窠文。上巻は一より四まで墨付八十七丁、下巻は五より七までで墨付六十六丁。ともに一面十二行、歌一首一行書き。江戸初期（元和七年）写。巻末の「応永十三年五月日　徳翁在判」の後に、

右任本書写畢、猶証本相伝而已

元和七年辛酉仲春日終功　沙弥《江斎》兼涼判

とある。

⑤国会図書館蔵二冊本（一四一・七五）

題簽、左肩、雲形文様鳥の子短冊に「言塵集　上（下）」と墨書。二七・二×一九・〇糎の鳥の子袋綴。表紙は灰汁色無地鳥の子の原装の上に丁子色に帝国図書館蔵の凸印を付した表紙で補装。上巻は第一より第四まで墨付百六丁、下巻は第五より第七までで墨付八十二丁。ともに一面十行、和歌一首一行書き。江戸初期写。印記「潜竜家蔵図書」（なお別に、瓢形で「淀□〈牛偏の字と思われるが未詳〉」の印記）。『日本古典全集』の校合本。

⑥広島大学蔵一冊本（広島文理科大学図書四七四六、大国八三一）

表紙中央に「言塵集」と墨書。首題は「言塵集　一」。袋綴と目されるが書誌は未詳。墨付百八十三丁。一面十行、歌一首一行書き。頭注丸印、合点、標目、句読を示す単線、小圏が認められる。江戸中期写。本文第一紙の綴目のところに、本文と別筆にて「山門東塔南谷　浄教房　真如蔵　二百廿四悪」とある。

※本書に関しては、稲田利徳氏から写真を拝借して調査した。

残欠本

⑦東山御文庫蔵一冊本（一一八・一・一二）

表紙左肩に「言塵集」と外題。袋綴。巻四までの一冊。残欠本。但し、後述の奥書の中に、「此末三部者去春祗候之時不残口伝申上畢」とあるところからすれば、本書はここで一応完結した写本として伝えられたものであろう。墨付六十七丁。一面十二行、和歌一首一行書き。墨付第三十三丁から三十五丁にかけて綴じ誤りがある。江戸初期写。印記「後西天皇」。

巻末部を六十七丁オから示せば次のごとくである（読点私意）。

枕双紙と詠り、枕言とは物を云題目の詞云々、誓也、古今のまくらことば別の事也、
とちを（お）きしまくら草子の上にこそむかしの夢もおほくみえけれ
一床、真ゆか、朝《万》とこ、玉ゆか、岩とこ、あらとこ《八雲あら床のまろふし》、夜とこ、ふな《舟》とこ、車とこ、
少々以前之条両書在之歟、任思出注之故也、老のほれ不及力歟
了俊　」

此言塵者為秀卿御弟子前九州探題源朝臣貞世（安居了俊）自風雅集以来勅集之作者近代之謌仙此道之明眼公家武家相共秘説伝受仍崇敬於天下無其隠哥人而耳、爰同名讃州禅門依所望此七帖於被註畢、其次細川前管領右京兆道歓伝之、又今河前総州範政此本相伝於其外者嘗以不被洩於秘抄也、拙老彼了俊第一之依為弟子面々所持之外猶以具書入令伝受之細箱底而令秘之処藤沢上人之御数寄依無比類書之尋好便奉進上者也、此末三部者去春祇候之時不残口伝申上畢、尊眼之外輙外見事者豈可為此道之聊爾者哉、於器用之数寄一人者御裁許是又当道之本意多幸候也、恐惶敬白

桑門用阿」

⑧陽明文庫蔵三冊本（近・二四三・一三四）

題簽、左肩、鈍色短冊に「言塵集二（六・七）」。表紙白の楮紙。二五・五×二〇・〇糎の袋綴。本文料紙は楮紙。内容は巻二・六・七の三冊残欠本で、虫喰甚だしく、読解はかなり困難である。本文片仮名交り、一面十行、歌一首一行書き。朱筆で頭注丸印・合点・単線・小圏を加える。室町末期写。

⑨陽明文庫蔵二冊本（近・一四二・四一）

前記⑧の三冊本と一組をなすもののごとく、写本の形態も三冊本と同様で、内容は巻四・五の二冊残欠本である。但し、本文は平仮名交りで一面八行、歌一首一行書き。朱筆による頭注丸印・合点・単線・小圏が認められる。墨付は巻四が四十八丁、巻五が五十丁。虫喰はあるが、読解に

支障をきたすほどではない。室町末期写。

第二類

⑩承応三暦版本五冊本

『日本古典全集』に翻刻。

○なお、寛文四年版本七冊本も同系統本である。

第三類

⑪龍門文庫蔵二冊本

水色表紙の中央に山科言継筆で「言塵集上（下）」と外題。また、左肩に雲形文様鳥の子短冊にて題簽、「言塵集　上（下）」。二二・五×一七・一糎。袋綴。本文料紙楮紙。上巻は第一より第二までで、墨付三十二丁、下巻は第三より第七まで、墨付四十九丁。ともに一面十四行、和歌一首一行書き。室町中期写。印記は「龍門文庫」。

第四類

⑫穂久邇文庫蔵一帖本

時代桐箱入。蓋内貼紙に、「紙数七拾三枚／内　墨付七十枚／究札古筆了祐」とあり、箱表には、中央に打付書きで、「西室殿公順僧正筆　言塵集」とある。二六・三×一八・五糎。列帖装。段織表紙。見返しは金銀切箔の砂子蒔き。墨付七十丁。一面十行、歌一首一行書き。室町末期写。内容は巻数を明示しないが、巻五から巻七まで。墨付第七丁・第八丁に錯簡が認められる。奥は

既述したごとく「応永十三年五月日……」の後に、

今年と成て更手内不叶之間心の行処に筆の不及間此一両年以前の筆跡に以外ちかふへき也哀なる事也

とあり、その後に、

一短冊をは上下にかうがひ（い）にてしらけをかけて……

一端に書落て候会紙を披講の後とぢ候には会紙の奥をとぢ候也……

の二ケ条があり、これは前述のごとく『了俊歌学書』中の条項と共通する。次いで『了俊歌学書』二十六丁表の図解とほぼ同じ図を中央に配して、次のような記述がある。

私云為邦より相伝小刀をよこ
さまに立て穴をよこに切也

会紙面

紙のおく也

図〈省略〉

歌一首二首三
首何の時もおく
の歌はすこし
切れ候ともく

短冊のひろさの紙
を二重に折て
其を又二に折
候へは二三分程に

候へし
るしからす候
三首の時引合なとはせはく候間つまり
たる時は三首めの歌をは二行にも可書候
是は内々の会のときの事候

別に極札を付し、「西室職公順僧正（三条西殿実隆公御息／言塵集　一冊）琴山　印」（表）、「袋トシ直シ　一冊　癸亥五　了栄　印」（裏）とある。これによれば、天和三年五月に改装したものであろう。

第五類

⑬今治市河野美術館蔵一冊本（三・三二一・六五四）

題簽は茶色楮紙の表紙左肩に「言塵集」。一九・八×一四・三糎。本文料紙楮紙の袋綴。ところどころに朱の訂正、書入れ。本文第一丁右上部に「大口／鯛二」の朱印。これによれば御歌所派の歌人であった大口鯛二が所持し、のち河野美術館に収蔵されたものらしい。延宝元年の写。拙著『今川了俊の研究』では未調査としていた写本で、その後調査して新しく加えた。本文に関していえば第一類第一種系統であるが、あとに記すように抄出本と認められるので、便宜的にここに分類した。ここで本書の奥を示せば次のとおりである。

奥書云
愚老か存知之旨幷師説等不可過之、此七帖中おろかなる庭訓とおもふとも心をしつめて可披見、

おのつから得分に成可得力事可出来哉
徳翁在判

応永十三年五月日」

右言塵抄七冊之中遂一令披見さしあたり可用事を又抜出し書あつめ畢

于時　延宝元年」

冒頭は端作題「言塵集」に続き、

和歌を詠事古先達様々におし《を》へたり、其始は四病八病九品十躰なとゝて左右なく初心の人のさとり知事かたかるへし

と序に当る文言に始まり、

但今日明日の様にかたはらいたけれとも身をほめ我は皃するは人も心にくけに思間弥はつかしき事は重也

で終る。ついで、

言塵集一　元日梅　貫之

とあって、以下抄出した本文が続くが、巻も標目も立てず、すべて△印をしるして語詞と注の条文を抄出して記している。奥書に言うように、「さしあたり可用事」と判断したことを抜粋したものであろう。最末尾、即ち奥書の前丁の部分を示せば次のごとくである。

うつら　信実

かゑ《（へ）》りさす鶉の床や寒からし葛はふ野への露の下かせ

田家興と云題にて　俊頼

山田もるきそのふせやに風吹はあせつたひして鶉おとなふ

従って、『言塵集』第五　鳥類の途中までの抄出本ということになる。

内容のこと

ここで『言塵集』の内容についていささか吟味を加えておきたい。

『言塵集』の本来的な体裁が七巻であることは、奥書に「此七帖中……」とあることによっても明らかであるが、巻第一は、扉に

立春　若水　門松　若菜　朔日　氷様《ヒノタメシ》　腹赤鮠　国栖　元日　元日宴　子日　卯杖　御薪　白馬

御斎会　賭射　証歌同注之

と標目を記し、まず初めに序と想定される部分がある。その内容は、『二言抄』以下の了俊歌論書と重複するところが多いが、特に和歌史、勅撰集の風体の変遷、末代の和歌のありようなどに言及していることは注意すべく、また了俊の歌学思想がもっとも手際よく纏められている点でも注目してよい。その所論を整理してみると、凡そ次のごとくである。

まず了俊は歌の本質について述べる。和歌を詠作することについて、古の先達達の様々な遺訓があるが、

要はただ「中古」の「基俊・俊頼・俊成卿・西行上人・定家・家隆・寂蓮等の風体」を朝夕に親狎する以外に故実はない。俊成の「歌とは万につけて我心に思事を言に云出（す）を歌と云也」という庭訓、定家の「和哥に師なし、以心為師」という言説によって大方は心得られるが、このような教導（これらの言葉が、「近代秀歌」の「おろかなる親のをしへとては、歌はひろく見、とほくきく道にあらず、心よりいでてみづからさとるもの也とばかりぞ申し侍りし……」や『詠歌大概』の「和歌無師匠、只以旧歌為師」に依拠していることは言うまでもない）は、誰もが歌を「よそより遠くもとめ出すべき様」に錯誤しているゆえに「大事」なことであって、結局のところ、「哥の本躰と云は、有のまゝの事をかざらず云出（す）を本」とするのである、という。

次いで和歌の歴史から勅撰集の風体に言及し、万葉の末ごろから「曲を詠（み）そへて歌のかざり」とした所謂枕詞・序詞を有する歌が、「有のまゝなる姿」と混在するようになり、後撰・拾遺まで及んでいる。一体に代々の集は「古躰」と「当代の風躰」とが交っているが、堀河院百首作者の風体からまた「一すがた」の変遷が認められる、という。

続いて、詞花・金葉・後拾遺・千載・新古今・新勅撰・続後撰の順序でそれぞれの風体に触れた後、

其以後の集は、皆撰者たちの私曲交りて、ひたすら一躰におもむきけるとかや。すべて和哥はおほけなく十躰をみなうかゞひ、広く道におもむくべしと也。

と近代の風体にまで及んでその欠けるところを述べ、続けて為秀から聞いた為相の十体論、次いで為世・為兼・為相の風体の評に及んでいる。

次に、「末世の哥詠は上古の歌人よりも大事」という認識から、末代の歌のありようについて触れ、

いかさま末代の哥は、第一に同類をまぬかれてめづらしきをもとめ、詞にまとはれずして、心のすぢを一云（ひ）たつべき也

として、その用心について説くが、「身をほめず人をそしらず、を《お》のれ知（り）たる事をも猶他人に問」う「上手の意地」を帯して、

能は他のために非ず、を《お》のれがためなれば、我僻案をあらため、先非をくゐ《い》て弥道をみがくべき也

と説述し、最後に『言塵集』を著わした意図について言及している。

序章の所説は凡そ以上のごとくで、ここでも了俊歌論の啓蒙的な性格を指摘することができるが、その中から注目すべき諸点を要約してみるならば、次の三点（歌の本質のこと、範となる風体のこと、現在の認識と心得のこと）に整理されよう。即ち、歌は遠く他に求めるべきではなくして自らの心から出て自ら体得し、その心を詠出すべきであること、次に『千載集』と『新勅撰集』の二集は花実を兼ねた集であり、その風体によって歌の凡その姿を心得べきこと、「おもひと思（ひ）云といふ事」に新しいものを期待しがたい末世としての現在は、詞に拘泥せず、自らの心を明白に強く表現し、個性的な歌を詠出するようにしなければならないこと、であろう。

序章の後には七巻に構成された本文が続くが、その内容は多岐にわたり、必ずしも秩序だっていないところもあって、今詳しく触れる余裕はないので、ここでは特に注意される二つの事象を指摘するにとどめたい。一つは『言塵集』の述作に当って、『八雲御抄』と『夫木和歌抄』とを最大限に利用していること

である。前者は先達たちの抄物の中でも、才学の最高の集大成として了俊が重視した歌学書であるが、また冷泉家自体において尊重されたものではなかったかと考える。後者は何よりも為相が関与した冷泉派の歌集であり、証歌の類聚として空前の類題集であるばかりでなく、その組織や歌風などにも清新味が認められ、了俊自身がその「正本」を所持して貴重としたものである（徳川美術館蔵『和歌秘抄』奥書）。

第二には、題の多様な詠み方、新しい素材・歌詞の注解とそれを用いた証歌など、実際的具体的な用意が『言塵集』の主要な内容となっているが、その場合了俊は、鮮新な内実をもった作歌上の心得を教授することを最優先させて、細かな配慮をめぐらしていることである。「末世の歌詠」ということを強く自覚していたためでもあろう。

如上の二点について以下考察を加えておきたい。まず『夫木抄』との関係について検討してみると、序章の後に、先に掲出した扉の標目の順序で和歌を一首乃至十余首ずつ列挙している。その例歌はすべて『夫木抄』巻第一（春部一）からの抄出歌で、標目も列挙の順序もほぼ一致している。また「若菜名所」として挙げる十七の名所もすべて『夫木抄』巻第一の「若菜」所載歌に詠みこまれている名所を列挙したものであり、同様に「春駒名所」も同抄の巻第三の「春駒」所載歌に認められる名所を抄書したものである。同様な関係は巻第五の「鳥類付草木少々在之」にも認められる。いまその関係を照応させてみると次のごとくである。

『言塵集』	『夫木抄』
帰雁	帰雁（巻第五・春部五）

雉	雉（〃）
喚子鳥	喚子鳥（〃）
雲雀	雲雀（〃）
郭公	郭公（巻第八・夏部二）
（郭公名所）	〃（〃）
鵜川	鵜河（〃）
（鵜川名所）	〃（〃）
水鶏	水鶏（〃）
鷹狩	鷹狩（巻第十八・冬部三）
雁	雁（巻第十二・秋部三）
稲負鳥	稲負鳥（〃）
小鷹狩	小鷹狩（巻第十四・秋部五）
鶉	鶉（〃）
鴫	鴫（〃）
（鴫名所）	〃（〃）
千鳥	千鳥（巻第十七・冬部二）
水鳥	水鳥（〃）

となり、『言塵集』の各標目に収載する和歌はすべて『夫木抄』の該当標目の中に含まれる歌群（又は名所）である。

次に「水鳥」の後に列挙される

万春鳥　万坂鳥秋也　す鳥春也　嶋鳥　嶋津鳥　真鳥　嶋津　以上鵜也　河鳥是も鵜也

以下の鳥類の諸項、次いで標目「草部」「木」に記される諸項とその注解は、『八雲御抄』第三「枝葉部」に掲出される「鳥部」「草部」「木部」に概ね依拠しており、ただその注解の部分について増減が認められるのみである。

そこで『八雲御抄』との関係について検討してみると、『言塵集』第二「古言事」の標目に列挙される語詞は、同抄の「言語部」の「世俗言」に拠り、同第三に列挙される「玉もゆらに」以下「おめりくだす」までの六語も同じく同抄「世俗言」に、次いで「まゆねかきはなひひもとく」から「よるべの水」までは同抄「由緒言」、「くしみ玉」以下は同抄「料簡言」に拠って列挙注解されている。ただその注解は、内容的に見て大きな相違はないものの『八雲御抄』のそれと必ずしも一致せず、むしろ証歌などを引用した詳細な注が多い。恐らく師説や道辻等の聞書をも踏まえて加えたものと思われるが、了俊の研究的性向に根差した啓蒙心をうかがわせるに足る。

その後に記される「和字文字仕事」は、京大図書館蔵平松家旧蔵本『西行上人談抄』に合綴される「文字仕」とほぼ一致し、これはいわゆる『下官集』の一部に該当する。続いて『夫木抄』収載歌の歌詞の注解と解される諸項が並ぶが、特に注意されるのは、「浪の上にほのに見えつゝ行舟と躬恒読り、ほのにとはほのかに見えたる也」から「衣うすれて」までが、『夫木抄』巻第三十六の「言語」所載歌に詠みこまれた詞の注解であり、『了俊日記』に「世俗言・只詞をよめる証哥、点合たるは皆只言世俗言也」として例示された七十五首の合点と符合する語詞がきわめて多いことである。その後の「草」以下はまた『八雲御抄』の「枝葉部」に拠っていると考えられる。

次いで『言塵集』第四の八十三の標目「木　草　竹　田　洲……夢　心　守」は、『八雲御抄』の「枝葉部」に包摂されており、その内容に照らしても同抄に依拠していることは明らかである。その排列順序で注意されることは、若干の混乱はあるものの、同抄の順序と一定の関係、即ち逆の順序でもって排列されていることである。このような『八雲御抄』との関係は、『言塵集』を流れる一種の自律性とでもいうべきもののごとく、『言塵集』第六でも、前にも述べたごとく『八雲御抄』の「枝葉部」に依拠しているが、やはり同抄と逆の排列によって叙述されているのである。

このように『言塵集』は、『八雲御抄』『夫木抄』に拠りながら述作されているのであるが、その意図したものを考えてみると、前にも引いたように、序文の末尾に、

歌連歌は一向に数寄ばかりにて、心にうかび言にいはるゝ計にては、更によまれぬ事も有間、物を広く見、遠く聞（き）たもつは力になる間、わづかなるむねの中の才学を書あつめて言塵と名付たり。如此の物をば心にしめて見おぼゆべき也、（中略）才学は留通物也。

と述べることから明らかなごとく、当世の歌人にとって必須の確かな才学を、特に『八雲御抄』に求め、さらに師説を踏まえ、道辻の聞書なども加えて整理し、数寄な一門の好士に相伝しようとしたものと考え

られる。その点で、他の了俊著作とも共通する内容を有しているわけであるが、『言塵集』の場合注意せられることは、第二点として挙げた実際的な用意ということについてである。つまり『言塵集』は、その扉に標目を列挙した末に「証歌同注之」と注記するごとく、証歌の掲出を企図したものでもあったことである。その場合、証歌検索の拠り所となったものが他ならぬ『夫木抄』なのである。『言塵集』における『夫木抄』は、そうした役割を担わされているといった方が正確である。

『夫木抄』との関係を、例えば『言塵集』上において考察すれば、「年内立春」「門松」以下「氷様」「腹赤」「門松」「国栖」の題とその証歌を挙げた末に、

　是等みな立春の題也。如此其題に出ずともたゞ立春と云題にてか様の事をも可詠也。腹赤も国栖も清見原の天皇の御代時の例と云々。国栖は人の名也。くずの事也。葛には非ず。何にても正月の節会にまい《ゐ》らする貢調と云々。国栖が口をたゝきて皮笛をふきけるとかや。かわ《は》ふゑ《え》とはうそといへり。一説如此口笛ともうその事也。

と言い、「氷の枕の証哥」を述べたところに、

　立春の題にて早春、初春等をばよむべからず。立春は正月一日にかぎるべき也。初春、早春は五日・六日・七日より十五日・六日までと心〔う〕べし。

と記している。『言塵集』にきわめて共通するところの多い『師説自見集』（国会図書館本による）第二にも、「年内立春」「朔日」「元日」「初春」等の同類の標目が見え、やはり『夫木抄』に拠りつつ『言塵集』と共通する和歌と注解が認められるが、「元日」の項に、

ひ《氷》のためし、はらかのにゑ《（へ）》、吉野ゝくず、門松立など云事みな元日の事云々

とあり、次いで「初春」の項に、

立春、早春、初春、少づゝ可替云々。立春は一日、早春は七日以前、初春は十五日比まで歟。凡初春は正月……

とある。このような実際的な詠作上の心得教導は『言塵集』に多く認められるのであるが、それはさらに進んで「末世の歌詠」という自覚を体した新しい詠法の発掘となるのである。

槙の戸をあくれば春やいそぐらん袂にさえし風ゆるか也　大輔
私云、風ゆるかなりと云事珍敷詞也。是を証歌とすべき也。古歌をよく見ば如此の為用所也。

年くれぬ春来べしとは思はねどまさしくみえてかなふ初夢　西行
私云、初夢此歌初歟。可証歌也。

あら玉の一夜ばかりをへだつるに風の心ぞこよなかりける　恵慶法師
私云、こよなしとよめる証歌也。

（以上、巻第一）

の例、また巻第五では、

雲雀あがる春の野沢の浅みどり空に色こき村霞かな　慈鎮
村霞は雲霧などのやうには有べからず。同色也と云儀有也。其ために此歌を為証歌注畢。

うねび山峯の梢も色付てまてど音せぬ雁がねの声　高遠卿
待雁と云事を読り。此歌、音二声へ読り。為証歌注之。

というような例にも認められるように、新しい語詞、詠法に重点を置いた証歌の呈示であり、『言塵集』は多様な了俊歌学の全容をもっとも広汎精細に具有している点で、注目されるのである。

影響のこと

如上のような『言塵集』の内容は、冷泉家の口伝として重視されるところがあったらしい。それを裏書する資料が「冷泉家和歌秘々口伝」一冊である。これは久曾神昇氏によれば、伝本も少なく、久曾神昇氏蔵本・彰考館文庫本・竹柏園本等が知られているにすぎないという。また書名も一定せず、久曾神昇氏蔵本は「冷泉家和歌秘々口伝」（『日本歌学大系』所収、その後、『歌論歌学集成』第十一巻（平成十三年七月）に収める）、彰考館文庫本は「和歌雑事」「和歌会席以下」と合綴され「冷泉家口伝」（巳・一八。詳細は未詳。なお『国書総目録』によれば、京都大にも一本蔵されているようである）、竹柏園本は「冷泉家和歌之秘口伝」とあるということである。内容は久曾神昇氏蔵本によれば、和歌の五句についての体と名称、親句・疎句のこと、哥くびの事・こしをれ・助詞・歌病のことなどについて触れ、次いで俊成・定家・為家・為相・為秀などの所説を抄書している。而して成立年代については、久曾神昇氏は「為尹の歿後、遠からずして成ったものではあるまいか」(『日本歌学大系』解題)と推定しておられる。伝本も未調査な段階であるため、具体的な検討は他日に譲ることとし、ここでは『言塵集』との関係で問題となる点を略記するにとどめたい。注目されることは、俊成以下の所説等の大半が『言塵集』に依拠している(その逆はあり得ないと考える)と考えられることである。詳しくいえば、まず「一、俊成卿云、歌とはよろづにつきて、わがこゝろにおもふ事を……」の条は、『言塵集』序の冒頭部の文言と全く一致する。次いで、「一、為秀卿云、古今の比より歌は序のあるやうに詠じたり……」の条は、同じく『言塵集』の前述部につづく叙述と一致している。次に、「一、定家卿云、和歌の道、中古にかたよりて侍りしを……」の条は、同様に、和歌の歴史から勅撰集の風体に言及した部分(一　千載集は俊成卿撰也〈中略〉定家卿は云……)とほとんど一致する。次の一条「一、和歌はおほけなく十体をみなうかゞひ……」は、前条に続く同集「一　続後撰は為家卿撰也……」の条の、「為相卿のをしへとて為秀卿の仰られしは」云々に拠った文言で、これもほとんど同文である。次の「一、末世の歌よみは上古の歌人よりも大事なるべきか……」の一条も、やはり同様に序の中の文言で、前にも引用した「末世の歌詠」の心得を説いた部分とこれも一致する。次の条「一、生得こゝろもき、口もあぢはひある……」も同じく『言塵集』序の「一　生得心もきゝ口も味の有……」の条とほぼ同文である。また次の一条「一、めづらしきことをこのみよむ事……」は、同様に序の末尾の文言で、これもほぼ一致する。次いで「一、よりきたる縁のことばの……」という一条は、『言塵集』上（一）の「立春」の項で、西行の「とけ初るはつ若水の気色にて……」の注解の部分であり、次の一条「一、歌は古歌によみつゞけたる詞を……」は、前歌に続く有家の、

関の戸も明行年に相坂の夕つけ鳥の春の初声

の注解の部分で、これもほぼ一致する。次も同様で、「一、立春の題にて早春、初春等をばよむべからず……」は、前に引いた『言塵集』の「初春」の項にみえる注解の抄書である。

さて、次に続く「一、俊成卿云、……」の二条は、「慈鎮和尚自歌合」（「十禅師」十五番判詞）と「民部卿家歌合」（跋文）からの抄書であり、それ以下も『言塵集』以外から引いたもので、『言塵集』とは直接の関係を有しないので省略に従いたいが、如上の考察から明らかなように、「冷泉家和歌秘々口伝」は先行歌書群（勿論、冷泉派と何らかの関係をもつか、もたされた）の中の文言を抄出収集して成立したもののごとく考えられる。収集的傾向はこの時代に多く認められる事象であるが、冷泉家の口伝というような規範が形成されるところで、『言塵集』が参照されて関与しているということは、了俊歌論書の和歌史的評価もしくは意義について有力な示唆を与える点で、きわめて注目したいのである。

注

（1）『今川了俊』二五六頁。

（2）『正徹と了俊―師事過程と歌書相伝をめぐって―』（『国文学攷』五十四号、昭和四五・九）

（3）『中世歌壇史の研究室町前期』四四頁。稲田氏前記論文。

あとがき

長崎県島原市島原公民館に収蔵されていた肥前松平家の蔵書「松平文庫」を調査した時、注目された文献のなかに『言塵集』二冊があった。昭和三十年代後半のことである。その後、今川了俊の述作にかかる歌書類を多く取りあげるようになって、その過程でマイクロ・フィルム撮影、紙焼も済ませていた。『言塵集』は最良の本文なるものがなかったので、ゆくゆくは松平文庫本を活字化したいという思いもあったのだが、しばらく停滞してしまい、それを原稿にしたのはそれからさらに後のことであった。ところが学術研究書の出版事情がきびしくなってきて、はじめから売れそうにない地味な歌書を出版しようという思いも萎えてきて、そのまま放置していた。しかし松平文庫本が劣化してきていることもあって、確かな基本的文献は、やはり活字化しておきたいという気持が頭をもたげてきて、書きなおしたり、旧稿に手を入れたりした。ここにきてやっと重い腰を上げた次第をくだくだ書きとめても意味がないが、幸い昔お世話になった汲古書院の坂本健彦相談役がお手伝いしてもよろしいと言ってくださり、やっと陽の目を見ることとなった。

二年の後には喜寿を迎える年齢になって、判断も行動も緩慢になり、半端な己が姿に嫌悪しながらも、放置したままになっていたものを小冊にまとめ得た幸運に心から感謝している。

出版をお引き受けくださった汲古書院の坂本健彦相談役、また翻刻閲覧の便宜をお与えくださった諸文庫に御礼を申しあげたい。

平成十九年九月十日

荒木　尚

言塵集 208

編著者略歴

荒 木　尚（あらき　ひさし）

1932年　福岡県に生まれる

1954年　熊本大学法文学部文学科卒業

1956年　早稲田大学大学院文学研究科修了

熊本大学教授、就実大学教授を経て、熊本大学名誉教授

主要著書

『今川了俊の研究』（笠間書院）

『幽斎本 新古今集聞書―本文と校異―』（九州大学出版会）

『中世和歌集 室町編』（新日本古典文学大系、共著、岩波書店）

『百人一首注・百人一首（幽斎抄）』（和泉書院）

『中世文学叢考』（和泉書院）

『言塵集』――本文と研究――

二〇〇八年六月二十日　発行

編著者　荒木　尚

発行者　石坂叡志

整版印刷　富士リプロ

発行所　汲古書院

〒102-0072東京都千代田区飯田橋二-五-四

電話　〇三（三二六五）九七六四

FAX　〇三（三二二二）一八四五

ISBN978 - 4 - 7629 - 3566 - 4　C3092

和歌索引

一、この索引は『言塵集』の本文中に見える和歌の、初句による索引である。また、和歌の一部（ただし、三句以上）が引用言及されている場合も、その初句を示した。

二、初句を同じくする歌がある場合は、第二句を示した。

三、検索の便宜のため、表記はすべて歴史的仮名遣いによる平仮名表記とし、五十音順に配列した。

あ

お

か

き

く

け

こ

さ

し

ほ

ま

み

む

も

や

ゆ

よ

わ

ゑ

を

事項索引

この索引は『言塵集』の本文中に掲げられている見出し語（事項）のうち、主要なものを収めた。表記は歴史的仮名遣いにより、配列は、現代仮名遣いの読みによる五十音順とした。

う

え

お

か

き

く

け

こ

さ